「……んんっ！」

彼の乳首はとても硬く尖り、誘うようなバラ色に染まっている。私は彼の屹立を扱き上げながら、乳首に舌を這わせ……。

「……ん、ダメ……やめ……っ！」

ロイヤルバカンスは華やかに
JN283148

ロイヤルバカンスは華やかに

水上ルイ

16428

角川ルビー文庫

Contents

口絵・本文イラスト／明神　翼

ユリアス・ディ・ロマーノ

『私と悠子《ゆうこ》の大切な息子《むすこ》が、まさかストーカーに誘拐《ゆうかい》されそうになるなんて』

受話口の向こうから聞こえてくる悲痛なため息が、私の胸を痛ませる。

『なのにあの子は、「自分で撃退《げきたい》できる。犯人を見つけたら返り討《う》ちにするから心配しなくていい」だなんて言って、まったく用心しようとしないんだよ』

パーティーで見たことのあるあの青年は、凜々《りり》しく、そしてとても強い目をしていた。彼なら、それくらいのことは言いそうだ。

「彼をしばらく、東京から遠ざけてみてはいかがですか？」

『それは私達も考えたんだよ』

彼はまた深いため息をつきながら、

『うちの別荘《べっそう》なら熱海《あたみ》と箱根にあるが、東京からすぐ近くだし、かと言って一人で遠くのホテルに泊《と》まらせることなどもっと心配だ。私か悠子がつき添《そ》えればいいのだが……』

「でしたら、私が……」

この相談を受け始めてから、私はずっとこの言葉を口にする機会を狙《ねら》っていた。平静な声を保とうとしながら、私は言う。

「……彼を、責任持ってお預かりしましょう」

電話の相手は、とても驚《おどろ》いたように息を呑《の》む。

『いや……親友の息子さんとはいえ、こんな相談に乗ってもらってしまった上に、そんなことまでさせられないよ』

遠慮《えんりょ》がちな彼の言葉にわずかな希望を見出《みいだ》した私は、ここでひいてはいけない、と思う。

「今私が休暇《きゅうか》を過ごしている別荘は、自然が美しいだけでなく、世界中からロマーノ公国に関係したＶＩＰが集まる場所です。そこでの休暇は、ユウイチくんの将来のためにも、おおいに役立つと思います」

電話の相手は、何かを考えるようにしばらく黙《だま》る。それから、

『本当に嬉《うれ》しいが、今は悠一《ゆういち》の身の安全が……』

「私の一族が所有する島は、関係者以外立ち入りが禁止されています。セキュリティーの面ではこれ以上万全《ばんぜん》な場所はありません」

『島？』

「はい。日本から専用ジェットで十二時間。インド洋に浮《う》かぶ島——『イソラ・ロマーノ』」

私の言葉に、相手は小さく息を呑む。

『その島の話は、君のお父さんの口から聞いたことがある。とても美しい場所だとか』

私の言葉に、相手は少しつらそうな声で、

『私も悠子も忙《いそが》しくて、あの子を旅行になどずっと連れて行ってやれていないんだよ』

「ユウイチくんはこの島で、忘れられない思い出を作ることができると思います」

私は言いながら、自分はひどい男だな、と思う。

……もちろん、彼の身の安全を守りたいというのが一番の目的だ。だが、私の狙いはそれだけではない。

相手が考えるように沈黙《ちんもく》する間、私は祈《いの》るような気持ちで待つ。

……彼にもう一度会いたい。自分のこの激しい気持ちがなんなのかを知りたい。

『ユリアスくん』

電話の相手は改まった声で言う。

『悠一を、しばらくの間預かってもらえないだろうか？』

「わかりました。責任持ってお預かりします」

私が言うと、彼はホッとしたように笑う。

『ふつつかな息子だが、よろしく頼《たの》むよ。甘やかして育ててしまったせいか、少々乱暴なところがある。びしびししごいてやってくれ』

「はい、喜んで」

私は答え、後日、彼と打ち合わせをすることを約束してから電話を切る。そして後ろに控《ひか》えていた執事《しつじ》のセバスティアーノを振《ふ》り返る。

「ミスター・コイシカワの息子さんをお預かりすることになった。名前はユウイチ、十九歳だそうだ。よろしく頼む」

白髪《しらが》の執事は嬉しそうに微笑《ほほえ》んで、

「おお、ミスター・コイシカワの息子さんはもうそんなに大きくなられましたか。月日が経《た》つのは早いものです」

代々ロマーノ一族に仕えてきた家柄《いえがら》の人間であるセバスティアーノは、父の学生時代の交友関係もよく知っている。父は学生時代に日本に留学していたことがあり、小石川源三《こいしかわげんぞう》氏とはそれ以来の親友だ。小石川氏がモデルの悠子さんと結婚式《けっこんしき》を挙げた時にも、セバスティアーノは父に付き添って東京まで行ったと聞いている。

「ミスター・コイシカワとお会いしたのは、もう二十年も前になります。……ミスター・コイシカワはとてもハンサムでしたし、ユウコ様はうっとりするような美人でした。息子さんもさぞや麗《うるわ》しいでしょう」

彼の言葉に、私はうなずく。

「パーティーで見た彼は、本当に美しい青年だった。彼がこの島に来るのが楽しみだ」

……そう、私は彼に、一目で恋《こい》をしてしまっていたのだ。

小石川悠一

「眩《まぶ》しい！　しかもバカみたいに暑い！」

タラップに踏《ふ》み出したオレは、あまりの眩しさに目を細めながら叫《さけ》ぶ。

「なんなんだよ、ここは――っ！」

上を見上げると雲一つない空。明るすぎて紺色《こんいろ》を帯びてしまっているような青さだ。ジリジリと肌《はだ》を灼くような太陽。日本のそれとはもちろん、前に行ったことのあるグアムやハワイとも全然違《ちが》う日差しの強さ。

湿度《しつど》はあまりなくてサラッとしているけれど、気温の高さが半端《はんぱ》じゃない。オレは日本から着てきたライダースジャケットを慌《あわ》てて脱《ぬ》ぐ。だって、このままじゃ汗《あせ》びっしょりになりそうだったから。いや、下に着ているTシャツも厚手の長袖《ながそで》だから、やっぱりまだかなり暑いんだけど。

白く光る滑走路《かっそうろ》の向こうに広がるのは、見渡《みわた》す限《かぎ》りの緑の濃《こ》い森。南の島の椰子《やし》の木の林、なんていう生易しい雰囲気《ふんいき》じゃない。ものすごい高さの熱帯の木々が絡《から》み合う、本物のジャングルって感じだ。

「なんでジャングルがあるんだよっ？」

父さんから東京を離《はな》れるようにと言われたのが二日前。熱海の温泉マンションに行くのかと思っていたオレは、たいした準備もせずにのんびりしていた。なのに昨夜急にパスポートを持つように言われ、今朝早くに父さんの車で郊外《こうがい》の空港まで送られ……そして自家用ジェットだというやけに豪華《ごうか》な飛行機に乗せられてしまった。いったいどこに連れて行かれるんだと怯《おび》えたオレは、機内のゴージャスな設備を堪能《たんのう》する余裕《よゆう》もなく、こんなところに到着《とうちゃく》してしまったんだ。

「いったい、どこなんだよ、ここはっ！」

「ここは『イソラ・ロマーノ』。インド洋に浮かぶ個人所有の島で、一番近い大都市はインドネシアのジャカルタでございます。この島にある一番速い高速船でも、六時間はかかる距離《きょり》ではありますが」

オレの後ろに立った老人が、やけに丁寧《ていねい》な口調で言う。

彼は、この謎《なぞ》のジェット機に乗っていた謎の老人。『お世話係を務めさせていただきます、執事のセバスティアーノでございます』と名乗った。姿勢がよくてお仕着せがやけに似合ってるし、いかにも外国人って感じなのに完璧《かんぺき》な発音の日本語を使いこなすし、ジェット機の中ではまさに完璧な従者って感じで接待してくれた。だから冗談《じょうだん》じゃなくて本当に執事の仕事をしている人かもしれないけど……でも主人の名前だけはどうしても教えてもらえなかった。『主人が直接挨拶《あいさつ》をさせていただきますので』とか言って。

……謎の飛行機に、謎の執事に、謎の島。いったい、どうなってるんだよ？

「インド洋……イソラ……何？」

オレが呆然《ぼうぜん》としたまま言うと、セバスティアーノはにっこり笑って、

『『イソラ・ロマーノ』』。ロマーノ大公家が個人所有する島で、ロマーノ大公家の許可を受けた者しか上陸できません。ですからそんなにご心配なさらずとも、セキュリティーは万全でございますよ。どうかご安心ください」

「いや、心配とかしてるんじゃないんだけど……」

オレは全然話が通じてないことに、がっくりと肩《かた》を落とす。

……信じられない。ちょっとやばいヤツにさらわれそうになったからって、なんでインド洋の真ん中まで飛ばされなきゃいけないわけ？

「……セキュリティー、ねえ」

オレはジャングルを見渡しながらため息をつく。

……そりゃあ、鳥だの猿《さる》だのしかいないなら、セキュリティーは万全だろう。

「ああ……なんでこんなところに……」

タラップの上で絶望的なため息をついたオレの目に、滑走路を走ってくる車が映る。眩《まぶ》い陽

光と青空に全然似合わない、艶《つや》のある漆黒《しっこく》の車体。飛行機に近づいてくるのは、一台のリムジンだった。

……なんだ？　どっかに大統領専用機でもいるとか？

オレは思わず周囲を見渡すけれど、広々とした滑走路に駐機《ちゅうき》しているのはオレが乗せられてきたこのジェット機だけみたいだ。

……そうだよな、こんな南の島にどっかの大統領が来るわけない。なのにあのリムジンはいったいなんなんだ？

滑走路をあんな車が走ってくるなんて、映画の中でしか見たことがない。オレは呆然とリムジンが近づいてくるのを見つめてしまい……タラップの下にそれが横付けされ、お仕着せを着た運転手が滑走路に出てきたのを見て、慌ててしまう。

……うわ、この飛行機、入れ違いに誰《だれ》かが乗ってくの？　ヤバイ、のんびりしちゃったよ！

お仕着せを着たリムジンの運転手が、車を回り込んで後部座席のドアを開ける。オレは慌ててタラップを駆《か》け降りながらも、ついそっちに気を取られる。

……誰だろう？　休暇《きゅうか》を終えた映画俳優とか？

開いたドアから、一人の男性が降りてくる。逞《たくま》しい長身をヴァニラアイスクリーム色の麻《あさ》のスーツに包んでいて、すごくお洒落《しゃれ》な感じ。ジャングルよりはモナコとかの高級リゾートが似合いそうだ。

上から見下ろしているから顔は見えないけれど、豪奢《ごうしゃ》な金色の髪《かみ》が、明るい陽光を反射してキラキラと眩《まばゆ》く煌《きらめ》く。

……うわ、なんて綺麗《きれい》な髪……。

思った時、その男がふとオレの方を見上げた。彫刻《ちょうこく》みたいに完璧な美貌《びぼう》をしていて……オレは思わずその瞳《ひとみ》に見とれてしまう。

……しかも、とんでもない美形だ……。

陽《ひ》に灼《や》けて引き締《し》まった頬《ほお》。

意志の強そうな眉《まゆ》。

きっちりと彫《ほ》り込んだような奥二重《おくぶたえ》。

高貴な感じにすっと通った細い鼻梁《びりょう》。

男らしい唇《くちびる》。

セクシーな長い睫毛《まつげ》、晴れ渡《わた》る空みたいな明るいスカイブルーの瞳。

美貌を彩《いろど》るのは、少し癖《くせ》のある金色の髪。肩に届くそれは、彼を古《いにしえ》の時代の王みたいに見せていて……高貴な雰囲気をさらに引き立てている。

オレを見つめる彼の視線は熱帯の太陽のように熱く、まるで猛禽類《もうきんるい》のように獰猛《どうもう》だ。見つめられているだけで、身体《からだ》が蕩《とろ》けてしまいそう。

……いったい……誰なんだ……？

オレは呆然と彼を見返しながら思う。

彼はとても高価そうなヴァニラアイスクリーム色の麻の上下を着て、純白のワイシャツを着ていた。きっちりと締めたネクタイは彼の瞳と同じスカイブルー。この気温で長袖の上着、しかもネクタイを締めるなんて信じられないけれど……彼の周囲だけ気温が完璧に調整されているかのように、彼は完璧な無表情で、汗一つかいていない。

……なんて美しい男だろう……。

オレは彼から目をそらせなくなりながら、思う。

……それに、どこかで見たことがあるような……？

オレは呆然としながら、タラップを降り……。

「……あっ！」

履いていたごついブーツの靴《くつ》先が段に引っかかり、オレはバランスを崩《くず》す。手すりにつかまろうとするけれど、抱《かか》えたメッセンジャーバッグの中身を考えると放《ほう》り出すこともできない。この中にはＤＶＤプレイヤーやら、携帯《けいたい》電話やら、携帯用ゲーム機やら、やりかけのゲームソフトやら、壊《こわ》れやすいものがぎっしり詰《つ》まっていて……。

「……う……っ」

オレは荷物を抱えた情けない格好のまま、尻餅《しりもち》をつきそうになる。タラップはかなり急で、一番下までは約二メートル。このままお尻で滑《すべ》り落ちたらかなり痛いことに……。

……クソ、なんでこんな目に……！

絶望的な気分でオレは思わず目を閉じる。痛みをこらえて唇をかみ締め……それからやっと、自分が尻餅をついていないことに気づく。

「……え……？」

オレの身体は、さっき見た金髪《きんぱつ》の男の腕《うで》にしっかりと抱《だ》き留《と》められていた。頬はサラサラとした布地に押し付けられ、鼻腔《びこう》をやけにいい香《かお》りがくすぐって……。

「なんて危なっかしいお子様だ」

微《かす》かに癖はあるけれど、かなり美しい発音の日本語。テノール歌手のようによく響《ひび》く、若々しい美声。だけどその声にはあきれ果てたような響きがあって……。

「大丈夫《だいじょうぶ》でございますか、ユウイチ様、ユリアス様？」

後ろからタラップを駆け降りてくる足音が響き、とても慌《あわ》てたようなセバスティアーノの声が近づいてくる。

「大丈夫だ、セバスティアーノ。日本までわざわざご苦労だった」

オレを抱き締めた男が言い、いきなりオレの手から荷物を取り上げる。

「これを」

オレの肩越《かたご》しにセバスティアーノに荷物を渡し、次の瞬間《しゅんかん》……。

「うわっ！」

オレの身体がいきなりふわりと浮《う》き上がる。足がタラップから離れ、お腹《なか》が男の肩に、頬が男の背中に当たる。オレは何が起きたか理解できずに呆然とし……。

「……ちょ、待てよっ！」

オレの身体は二つ折りにされて、まるで荷物みたいに彼の肩に抱え上げられていた。

「何するんだ、降ろせよっ！」

「暴れるな。転げ落ちたいのか？」

彼は平然と言いながら向きを変え、軽々とタラップを降り始める。不安定な姿勢で抱えられているオレは、滑り落ちてしまいそうで暴れたくても暴れられない。

ものすごく不本意だけどオレはおとなしく運び降ろされ、男の靴が滑走路《かっそうろ》に着いたのを見た瞬間に暴れてやる。男の肩を押しのけるようにして、滑走路の上に飛び降りる。

「オレは荷物じゃないっ！　肩に抱えるなっ！」

男を睨《にら》み上げながら言ってやる。男は驚《おどろ》いたようにわずかに目を見開く。それから形のいい唇の端《はし》に、やけに可笑《おか》しそうな笑《え》みを浮かべる。

「すまなかった。タラップの幅《はば》が狭《せま》かったために、肩に抱え上げてしまった」

やけに素直《すなお》に謝られて、オレは言い過ぎたかな、と思う。

「あ、いや、助けてもらったことには感謝するけど。次からは……」

次からは抱えなくていい、と言おうとしたオレの言葉を、彼の可笑しそうな声が遮《さえぎ》る。

「わかった。次からは大切に両腕《りょううで》で抱《だ》き上げてやる」

「はあっ！」

「だからそんなに怒《おこ》るな。まったくワガママなお姫《ひめ》様だな」

「ええっ？」

両親は一人っ子のオレをベタベタに甘やかしてきたし、友人や周囲の大人達は顔が綺麗とか、性格がやんちゃで可愛《かわい》いとか言って、やっぱりオレをちやほやしていた。だからこのオレをこんなにバカにするやつなんか、今まで一人もいなくて……。

「誰がお姫様だっ！　オレは男だぞっ！　もうすぐ二十歳《はたち》になるんだからなっ！」

拳《こぶし》を握《にぎ》り締めながら、オレは本気で叫《さけ》ぶ。彼は驚いたように微かに眉を上げ、それからオレの全身にチラリと視線を滑らせる。

「本当に？　小さいし、高校生くらいにしか見えなかった」

あっさり言われた言葉に、オレは本気で眩暈《めまい》を覚える。

オレの身長は、百七十五センチ。決してムキムキじゃないけど運動はどんなものでも得意だし、高身長じゃないけどそれほど小さくもないと思ってきた。だけど……。

……こんな男に言われると、めちゃくちゃコンプレックスを刺激《しげき》される……！

オレよりも頭半分以上大きいから、彼の身長は百九十センチ近いだろう。男らしくしっかりと張った肩《かた》、厚い胸、わずかな緩《ゆる》みもなく引き締まったウエスト。位置の高い腰《こし》、見とれるほど長い脚《あし》。要するに彼は、パリコレのキャットウォークを歩いてても全然おかしくないくらいの完璧《かんぺき》なルックスをしていて……。

……ヤバい、自分がすごく情けない男みたいな気がしてきた……。

幼稚園《ようちえん》の頃《ころ》、近所のワルガキどもに「女の子みたいな顔」「どうせ弱いんだろ」とバカにされたことがある。その時以来、オレはその類《たぐい》のことを言う相手をボコボコにして自分が弱くないことを証明してきた。多分、逞《たくま》しくなれない自分にずっとコンプレックスを感じているんだと思う。だから……。

「助けてくれた礼は言う！　だけど、小さいって二度と言うな！」

オレは男に近づき、ネクタイを掴《つか》み上げる。

「次に言った時には、ボコボコにしてやるかんな！　覚えとけ！」

オレは啖呵《たんか》を切り……それからリムジンの脇《わき》にいるＳＰらしいごつい男達が揃《そろ》ってオレを見ていることに気づく。

……あ、リムジンに乗るようなＶＩＰのネクタイを掴むってヤバかった？　オレ、捕獲されちゃう？

オレは思いながら、男のネクタイから手を離《はな》す。最後まで強気で通せないところが、オレのちょっと情けないところなんだけど……やっぱり本物のプロフェッショナルって感じの男達の迫力《はくりょく》にはちょっと勝てないって言うか……。

頭の上でクスリと笑う声がして、オレはSPから視線を戻《もど》す。金髪の男がわざとらしく咳払《せきばら》いをしながら、

「ああ……笑って悪かった。二度と小さいとは言わない。おまえが気になるのなら」

……この可笑しそうな顔、何かもっと言いたげな口調がちょっと引っかかるけど……。

「それなら許す。ネクタイを掴んだりして悪かったな」

「気にすることはない。……この私のネクタイを掴んだのは、おまえが初めてだ。そしてもう二度とないだろう。貴重な経験だった」

男の言った『この私』が気になるけれど、どうしても思い出せない。

……ああ、誰《だれ》だったっけ？　カリスマモデルや映画俳優って言われてもうなずけるルックスだけど、もっと違《ちが》う感じのイメージだった。そう、どこかの雑誌で……。

「あ——っ！」

ふいにそれがなんだったかを思い出し、オレは男の顔をまじまじと見上げる。

「あなたのこと、知ってる！　やっと思い出した！」

オレは、彼の顔を父さんが購読《こうどく》してる経済雑誌で見たことがあった。

「あの有名な富豪《ふごう》国、ロマーノ公国の現君主の一人息子《むすこ》、次期君主候補のユリアス・ディ・ロマーノ公爵《こうしゃく》……だよね？」

「そうだ」

彼はあっさりと答え、オレはますます動揺《どうよう》してしまう。

「おまえの身柄《みがら》は私が預かる。よろしく」

……とんでもないVIPじゃないか。父さんはなんでこんな人と知り合いなんだ？

オレはあまりのことに呆然《ぼうぜん》としてしまいながら思う。

……これって、女の子だったらめちゃくちゃ喜びそうな、ロマンス小説みたいな展開。だけど、オレは残念ながら男だし、彼はめちゃくちゃイジワルそうだ。

……ああ、何でこんなことになっちゃったんだろう？

◆

リムジンは、美しい緑の葉を茂《しげ》らせた椰子《やし》の林の中を走り抜《ぬ》けていた。白く続く道路の先に赤茶色とベージュの二色の石で作られた彫刻《ちょうこく》みたいなものが見えてくる。あれは旅行ガイドで見たことがある。インドネシアの寺院やホテルで見かける割れ門ってやつだろう。

「うわ、あんなすごいホテルがあるんだ？　あのインドネシア風の門、格好いい」

「あれはホテルではございません」

リムジンの助手席に乗ったセバスティアーノが、にこにこしながら振《ふ》り返る。

「ロマーノ大公家の別荘《べっそう》でございます」

「そ、そうなんだあ。ふう〜ん」

オレはさも平然としているように答えるけれど、内心はめちゃくちゃ驚いていた。

……でかい門。さらにその先にはうっそうとしたジャングル。想像を超《こ》えてる。

言っている間に、リムジンは割れ門の間を走り抜ける。門の両側で武装した警備員が敬礼していたのを見て、とんでもない場所に来ちゃったんだな、と今さらながら思う。

車道の両側にはまだまだ椰子の林が続き、その根元には美しい南国の花々が咲《さ》き誇《ほこ》る。公共の植物園と言ってもいいくらいの規模だ。

オレは、隣《となり》のシートに座ったユリアスをチラリと横目で盗《ぬす》み見《み》る。無表情に前を向いている彼の横顔は、本当に彫刻みたいに完璧。オレの中でコンプレックスが膨《ふく》れ上がる。

……本物の王子様で、めちゃくちゃなお金持ちで、しかもこんなハンサム。同じ人間とは思えない。

オレは気圧《けお》されながら、内心で叫ぶ。

……父さんと母さんは、なんでこんな場所にオレを送り込んだんだよっ！

思った時、いきなり視界が開け、オレは驚いて身を乗り出す。

そこは広々とした芝生《しばふ》の庭。たくさんの南国の花が咲き乱れ、スプリンクラーから噴《ふ》き出す水が綺麗《きれい》な虹《にじ》をいくつも作っている。

庭の向こうには純白の建物があり、その周囲の椰子の林の間から、尖《とが》った屋根を持つコテージがいくつも並んでいるのが見える。そしてその隙間《すきま》から見えているのは……。

「うわ、海だっ！」

オレは思わず叫び、フロントガラスの向こうを注視する。建物の間から見えるのは、エメラルドグリーンを帯びた海。そのあまりに美しい色に、飛行機の中でシェードを下ろしてふて寝《ね》をしてしまっていたことをオレは心から後悔《こうかい》する。

「うわあ、寝てないで上から見ればよかった。すっごい綺麗！」

オレは興奮して叫び……それから隣の男がこっちを見ていることに気づく。

……しまった、子供っぽいところを見られた……！

「海が好きなのか？」

無感情な声で聞かれて、オレは思わず赤くなりながら、

「まあ、嫌《きら》いじゃないけど？」

「それはよかった。滞在《たいざい》中、楽しんでもらえると嬉《うれ》しい」

あっさりと言われた言葉に、バカにされるんじゃないかと緊張《きんちょう》していたオレはちょっと拍子《ひょうし》抜《ぬ》けする。

……ああ、この男、なんでこんなに無表情なんだよ？　すごくやりづらい！

「この屋敷《やしき》にはさまざまなコテージがあるが……一番海に近い、一番景色のいいコテージに滞在してくれ。一日中でも海を見ていられるように」

彼の言葉に、オレはちょっとドキドキするのを感じる。

……いや、もしかしたらちょっとはいい人なのか……？

オレは思い、それから気を抜くな、と自分を叱《しか》り付ける。

……ほだされてどうする？　ともかくオレは一日でも早く日本に帰る！　そして可愛《かわい》い女の子達と合コン三昧《ざんまい》の休暇《きゅうか》にするんだからな！

ユリアス・ディ・ロマーノ

「う、わあ、すごい！」

エントランスに入った悠一が、呆然とした顔で周囲を見渡《みわた》しながら言う。

「本当にこれが個人所有？　かっこいい！」

悠一の正直な感嘆《かんたん》の言葉に、執事《しつじ》のセバスティアーノが頬《ほお》を緩《ゆる》めている。インテリアやその土地の文化に詳《くわ》しいセバスティアーノは、新しく別荘を建てる時には自ら建築デザイナーと綿密な打ち合わせを繰《く》り返す。特にアジアが好きな彼はこの別荘の内装だけでなくインテリアにもこだわっていたようで、世界中の別荘の中でもここをひときわ気に入っていると聞いた。そのセバスティアーノには、悠一の言葉はとても嬉しいのだろう。

数年ぶりにあった悠一は、あの時よりもさらに美しさを増していた。タラップを降りてくる彼を見た瞬間《しゅんかん》、私はその麗《うるわ》しい姿に思わず陶然《とうぜん》と見とれてしまった。

金色に陽灼《ひや》けした滑《なめ》らかな頬。

太陽を透かすと美しい栗色に見える、艶を帯びた黒い髪《かみ》。

意志の強そうな真っ直《す》ぐに伸《の》びた眉《まゆ》。

品のいい細い鼻梁《びりょう》。

長く反り返る睫毛《まつげ》の下で煌《きらめ》く、宝石のような黒い瞳《ひとみ》。

凛々《りり》しいイメージの顔立ちに、ふわりと柔《やわ》らかな印象を加えているその唇《くちびる》。

彼はいかにもスポーツが得意そうなしなやかな身体《からだ》を長袖《ながそで》のTシャツとジーンズに包み、手には黒革《くろかわ》のライダースジャケットを提げていた。どこか強がったような雰囲気《ふんいき》が、私の胸をさらに甘く締《し》め上げた。

……再会したばかりなのに……。

私は鼓動《こどう》が速いのを感じながら、悠一を伴《ともな》ってエントランスを進む。

……もう、夢中になりそうだ……。

車寄せから広い階段を上った先は、床《ゆか》に白大理石を敷《し》き詰《つ》めたエントランスロビーになっている。壁《かべ》のないオープンエアの空間で、傾斜《けいしゃ》のついた高い天井《てんじょう》は編まれた竹で覆《おお》われている。白大理石の上にはインドネシアの職人達に作らせたチーク材や竹でできたプリミティヴな家具や巨大《きょだい》な鉢《はち》に植えられた植物が置かれている。

エントランスロビーの片隅《かたすみ》には白大理石で作られた浅い池があり、美しい蓮《はす》が花《はな》を咲かせている。バリ風の彫刻の施《ほどこ》された壁面《へきめん》を水が流れ落ち、エントランスロビーを涼《すず》しげな水音で満たしている。

「すごいな～」

きょろきょろと周囲を見渡していた悠一は、エントランスホールの奥にこの別荘《べっそう》の使用人、四十名すべてが整列しているのを見てぎょっとした顔になる。

「わ、何？　お出迎《でむか》え？」

ロマーノ家に仕えてくれている使用人は、世界中に数え切れないほどいる。警備員と教育係はロマーノ公国から送り込まれているが、ほかのサービススタッフのほとんどはその国で雇《やと》われ、その国独自のサービスで別荘を訪ねるたびに楽しませてくれる。

この『イソラ・ロマーノ』の使用人はほとんどが東南アジア系で、バリやタイなどの一流ホテルで働いていた経験のあるスタッフ。柔らかな雰囲気とあたたかな笑顔《えがお》、完璧《かんぺき》なサービスに誇りを持《も》っている。彼らは胸の前で両手を合わせ、悠一に向かってアジア式の深い礼をする。

「お待ちしておりました、ミスター・コイシカワ」

進み出て言ったのは、恰幅《かっぷく》のいい一人の男性。彼はもう一度礼をして、癖《くせ》のない英語で言う。少し速度が緩めなのは、日本人の悠一が英語を聞き取りやすいようにと気を遣《つか》ってくれているのだろう。

「このコテージの責任者を務めております、クトゥと申します」

浅黒い肌《はだ》と彫《ほ》りの深い顔をした彼は、スタンドカラーの白のシャツを着て、腰《こし》にバリ風のサロンを巻きつけている。足に履《は》いた革のサンダルが、いかにもビーチリゾートというイメージ。

彼はバリ島にある有名ホテルの支配人を務めていたところを、父にヘッドハンティングされた。家族と共に敷地《しきち》内の使用人用のコテージに暮らし、ここでの、のんびりとした生活を心から楽しんでくれているようだ。

「えと……ユウイチ・コイシカワです。よろしくお願いします」

悠一が、英語で答える。

「ああ……堅苦《かたくる》しく名字で呼ばなくていいです。ユウイチで」

彼の英語はかなり正確で、発音もとても流暢《りゅうちょう》だ。だが、単語のいくつかになぜか不思議な訛《なま》りがある。彼の父親の源三氏は彼に英語の家庭教師をつけたと言っていたが……多分、その家庭教師の発音に問題があったのだろう。悠一も問題に気づいているのか、答えるまでにしばらく考え、微《かす》かな間が空く。どこかたどたどしいイメージがとても可愛らしいが……子供っぽく見られるだろうし、それは彼にとってはきっと本意ではないだろう。

……ほんの少し教育するだけで、きっと完璧な英語を話すようになる。

彼はとても美しく、とても高貴で、見るものの心を震《ふる》わせる。しかしまだとても若く、ほんの少しのことに苛《いら》ついて噛《か》み付いてくる。

私から見ればそれもとても可愛いが……彼は自分が経験不足であることに気づいていて、コンプレックスを感じ、それで苛ついてしまっているように見える。

……ほんの少し手助けしてやるだけで、彼はきっとコンプレックスを感じなくなる。

私は悠一の横顔を見ながら確信する。
……そして本来の優雅《ゆうが》な自分を、躊躇《ちゅうちょ》なく出すことができるだろう。
思うだけで、心が熱くなる。
……私の手で、彼を大人の男に近づけてやりたい。

小石川悠一

広々としたエントランスロビー、そしてずらりと並んだ使用人の数に、オレは本気で圧倒《あっとう》されてしまった。

……何よりも驚《おどろ》いたのは、こんなすごいお金持ち——っていうか一国の元首の息子《むすこ》——と、うちの父さんが知り合いだったってことだ。

「そしてこちらが……」

責任者のクトゥと名乗った上品なおじさんが、シェフだのソムリエだのパティシエだのを延々紹介《しょうかい》してくれていた。昨夜は緊張《きんちょう》のあまり全然寝《ね》られなかったオレは、必死であくびを押し殺す。

「そして最後に、これが部屋係を務めます、ワヤンです」

従業員の列から、一人の小柄《こがら》な青年が一歩踏《ふ》み出す。彼は両手を合わせて礼をして、

「部屋係のワヤンと申します、よろしくお願いいたします」

やたら綺麗《きれい》な発音の英語。黒髪《くろかみ》と黒い瞳の、すごく端麗《たんれい》な顔の青年。年齢《ねんれい》はオレと同じくら

いだろう。クトゥと同じくスタンドカラーの白い麻《あさ》のシャツを着て、腰にアジアっぽい色合いの布を巻きつけている。

「お部屋までご案内します。お飲み物はそちらに準備してありますので」

ワヤンが言ってにっこり笑い、オレのでかいメッセンジャーバッグとユリアスの書類鞄《かばん》を運転手から受け取る。それを両手に提げて、オレ達の先に立って歩きだす。

……うわあ、やっぱりホテルとしか思えない……。

「ねえ、それ重いだろ？　自分で持つから」

オレが言うと、ワヤンはにっこり笑って、

「いえ、これは私の仕事です。あまり逞《たくま》しくありませんが、力があるのが自慢《じまん》なんです」

彼は楽しそうに言いながらエントランスホールを抜《ぬ》け、海側に続いていた階段を身軽に降りていく。その下は芝生《しばふ》の庭があり、白い歩道が左右に延びている。エントランスホールの建物は実はゆるやかな傾斜の天辺《てっぺん》に建っていた。砂浜《すなはま》はかなり下のほうにあり、椰子《やし》の木の林を縫《ぬ》って歩道が蛇行《だこう》しながら続いているのが見える。

歩道の上には、ゴルフ場にありそうな四人乗りの電動カートが置かれていた。シンプルな白の車体にブルーの幌《ほろ》。椅子《いす》もブルー。その色合いがとても可愛《かわい》い。

「敷地がとても広いので、移動はこの電動カートを使うと便利です。電話で呼んでいただければすぐにお迎《むか》えに上がりますので」

彼は言いながら、カートの後ろに張り出した荷物置き場に鞄を積み込む。オレはワクワクしてしまいながら、カートに乗り込む。ユリアスとワヤンが乗り込み、カートはゆっくりと走りだす。

「ワヤン。取りに行きたい書類がある。書斎棟《しょさいとう》で降ろしてくれないか？」

「かしこまりました」

ワヤンが言いながら、カートを運転する。道の両側にはいくつかのコテージが並んでいて、それぞれが独立したつくりになっている。

「本当にホテルみたいだ。……ここには、いったい何人で滞在《たいざい》してるの？　親戚《しんせき》一同で休暇《きゅうか》を過ごしに来てるとか？」

オレが言うと、ユリアスは、

「使用人はさっき紹介したメンバー。さらに警備員がいる。彼らは敷地の入り口近くにある使用人用のコテージに住んでいる。休暇で滞在しているのは私一人だが」

その言葉に、オレは改めて驚いてしまう。

「じゃあ、なんでこんなにコテージがあるんだよ？」

「目的別に分かれているだけだ。大人数で宿泊《しゅくはく》するためではない」

ユリアスが言った時、カートがスピードを緩《ゆる》めた。そしてうっそうとした椰子の林に挟《はさ》まれたコテージの前に停車する。落ち着いた色合いの木製のドアには、美しいアジア風の彫刻《ちょうこく》が施《ほどこ》されている。窓が小さくて、壁《かべ》も落ち着いた木材が貼られている。

「あとはワヤンに案内してもらってくれ」

ユリアスは言って身軽にカートから降りる。コテージの前の階段を上り、木製のドアを開けて中に消える。

「ここは書斎《しょさい》棟。ユリアス様の書斎、そして蔵書の保管庫として使われているコテージです」

ワヤンが言いながら、カートをUターンさせる。

「それでは、ユウイチ様がご宿泊されるコテージに向かいます。ここには十五のコテージがありますが、目的ごとに雰囲気《ふんいき》が違《ちが》うので楽しいですよ」

ワヤンの言葉に、オレはちょっと呆然《ぼうぜん》としてしまう。慌《あわ》ててユリアスが消えたコテージを振《ふ》り返るけれど……そのコテージだけで、佃島《つくだじま》にあるオレの家（近所じゃちょっと評判の大きい家だ）が三、四個はすっぽり入りそうなくらい広い。

……なんていうか……オレの想像をはるかに超《こ》えちゃってる。

ワヤンは通りすがりにコテージの説明をしながら、カートを運転する。どうやら、朝食のためのダイニング・コテージだの、午後のお茶のためのコテージだの、パーティーのための……ただの際限なくいろいろなコテージがあるみたい。それぞれがかなり凝《こ》った外装で、外側を見比べるだけでもけっこう面白《おもしろ》かった。

「……そうだよな、ユリアスは、ただの金持ちじゃないんだよな」

オレは思わず呟《つぶや》くと、ワヤンは楽しそうに笑って、

「ええ。ユリアス様は、ロマーノ公国の公爵《こうしゃく》で次期大公というだけでなく、とてもお優《やさ》しくてとても麗《うるわ》しい、本物の王子様ですよ」

「優しい？　あの男が？」

オレは思わず身を乗り出して叫《さけ》んでしまう。

「無表情だし、めちゃくちゃイジワルじゃない？　ワヤン、苛《いじ》められてない？」

「苛める？　まさか」

ワヤンは楽しい冗談《じょうだん》を聞いたかのように朗《ほが》らかに笑う。

「あんなにお優しい方はいません。僕らはこの別荘で働けてとても幸せです」

その言葉に、オレはちょっと複雑な気分になる。

……ってことは、あの男がイジワルっぽいのはオレの前だけ？　よっぽどオレの存在が迷惑《めいわく》なんだろうか？

ユリアス・ディ・ロマーノ

「はい、ユウイチは無事に到着《とうちゃく》しました。今、コテージに向かっています」

私は書斎の電話で、ロマーノ公国に国際電話をかけていた。

『それはよかった。ユウイチくんはゲンゾウとユウコさんの大切な一人息子だからね』

電話の相手はパウル・ディ・ロマーノ。ロマーノ公国の元首で、私の父親だ。

若々しく精力的な元首として知られていた父だが、電話から聞こえてくる声はどこか疲《つか》れ果てたように力ない。

『ユウイチくんにもしものことがあったら……』

父は言いかけ、そして激しく咳《せ》き込む。

『大公殿下《たいこうでんか》！　大丈夫《だいじょうぶ》ですか？』

電話の向こうから心配そうな声が聞こえてくる。宮殿《きゅうでん》の家令であり、執事《しつじ》のセバスティアーノの兄でもあるジーノの声だ。

『おやすみになったほうがよろしいかと。傷に障《さわ》ります』

『大丈夫だ。心配するな。これくらいの傷……』

「父上」

私は父の弱った声を聞くのがつらくなり、送話口に向かって言う。

「ジーノに代わっていただけませんか？　彼に少し話があるので」

『そうか、わかった。くれぐれもユウイチくんをよろしくな』

父が言い、電話が受け渡《わた》される。

『お電話代わりました。……部屋を出ますので、少々お待ちください』

ジーノの声がして、電話が保留音に変わる。すぐにジーノの声が、

『大変失礼しました、ユリアス様。そちらの様子はいかがですか？』

「こちらは変わりない。セバスティアーノがすべてを取り仕切ってくれているし、ユウイチも無事にコテージに連れてくることができた」

私は言い、ジーノの声が沈《しず》んでいることに嫌《いや》な予感を覚える。

「父上の容態はどうだ？」

『もともとスポーツマンで体力がおありですから、医者も心配することはないと言っています。しかし、やはりこう何度も命を狙《ねら》われると……』

ジーノは、とても心配そうに深いため息をついて言う。

『精神的にも、お疲れになっているのではないかと。早く犯人が捕《つか》まるといいのですが』

「ロマーノ公国を離《はな》れたことで、私は犯人に関する調査を進めやすくなっている。おまえは父のそばについて、彼を励《はげ》ましてくれ」

『わかりました。命に代えても』

ジーノは覚悟《かくご》を決めたように言う。私は、

「おまえのような忠実な家令がいて、ロマーノ大公家は幸せだ。……父を頼《たの》む」

言って、電話を切る。

窓の外に目をやると、緑の濃《こ》い椰子《やし》の林が見える。私は部屋の窓を大きく開けて風を入れ、そして深いため息をつく。

マスコミには緘口令《かんこうれい》が敷《し》かれているが、私の父であるロマーノ大公は、この三年で五回も命を狙われている。優秀《ゆうしゅう》なSP達がそれらをすべて退けた……とされているが、実は父は最後の一度で負傷している。教会から出てきたところを刃物《はもの》を持った若者に襲《おそ》われ、脇腹《わきばら》に深い傷を負ったのだ。命に別状はなかったが、その日父が教会に行くことを知っていたのは、ごく内輪の人間と警備関係者だけだった。父は傷による体力の低下というよりも、身近な人間を疑うことに疲れ果ててしまったのだ。

そんな時、古くからの友人だった小石川源三氏から息子《むすこ》である悠一がストーカーに狙われていて心配なのだ、という相談を受けた。父は悠一のことを我がことのように心配し、そして私に悠一を守ってあげてはどうかと提案してきた。もちろん私は喜んで承諾《しょうだく》し、そして源三氏との電話で、悠一を預かることを申し出た。

……悠一は、父の大切な親友の息子。彼を守れれば、父も少しは元気になる気がする。

もちろん、一国の元首である父を襲撃《しゅうげき》したのがただの一般人《いっぱん》だとは思えない。裏で誰《だれ》かが糸を引いていることは確かだと思う。私はロマーノ公国での公務を休み、バカンスのふりをしてこの島に来た。そして情報部の人間に指示を与《あた》えながら、父を狙っている人間を調査しているところだ。

……一日も早くこの事件を解決したい。

この数年、私は心休まる時がなかった。父のことはもちろん、私自身も何度か命を狙われているからだ。

……そして、何もかも忘れてバカンスを楽しみたい。

私の脳裏《のうり》に、悠一の顔がよぎる。彼の開けっぴろげな明るさ、そしてふいに見せる無邪気《むじゃき》な笑顔《えがお》は、疲れ果てていた私の心を不思議なほどに癒《いや》してくれている。

……本当に、不思議な子だ。

彼の存在を感じるだけで、胸が甘く痛む。

……そして……私はこのまま、あの美しい青年に本気でのめりこんでしまいそうだ。

小石川悠一

「ここがご滞在《たいざい》いただくコテージです」

ワヤンがカートを停《と》めたのは、蛇行《だこう》する道路をかなり下った場所。敷地《しきち》の一番奥に当たるところだった。カートから降りたオレは、そこにあった門を見上げて思わず言ってしまう。

「……何これ？　一軒家《いっけんや》？」

さっき書斎棟《しょさいとう》と呼ばれていたコテージは、道に面して扉《とびら》があった。だけどここは道に面したところが立派な門になっていて、白い石で作られた高い塀《へい》が敷地を取り巻いている。

「インドネシアの伝統的なつくりになっています。どうぞ」

ワヤンは言って門の鍵《かぎ》を開け、両開きの扉をゆっくりと開く。

「……わあ……」

一歩踏《ふ》み込んだオレは、呆然《ぼうぜん》と声を上げる。

「……すごい……」

門の中は、オレの家がまるまる十軒《けん》は入りそうなほどの広い敷地になっていた。

入ったところは白い石が貼られた中庭。中庭の真ん中には四角く切られた池があり、美しい蓮《はす》が緑の濃い葉を浮《う》かべている。

右側にはオープンエアになったダイニング。彫刻《ちょうこく》の施《ほどこ》された艶《つや》のある木の柱が、強い傾斜《けいしゃ》のついた藁葺《わらぶ》きの屋根を支えている。その下にはインドネシア風の竹と木材で作られたダイニングテーブルと椅子《いす》が置かれている。テーブルの上には大きな鉢《はち》が置かれていて、南国のフルーツがたっぷりと盛られて甘い香《かお》りを漂《ただよ》わせている。

「ユリアス様は、お食事は基本的に外のダイニング棟《とう》で摂《と》られます。でもお疲れの時にはここにお届けすることもできます。ここで召《め》し上がりたい時には、内線でお知らせくださいね」

彼は言いながら、向かって左側の建物の扉を押し開ける。

「こちらはリビングになります」

白大理石が貼られた床《ゆか》を持つ空間には、インドネシア風のデザインの、シックな黒い籐《とう》の家具が向かい合っていた。四人は掛《か》けられそうな黒い布張りの座面には、赤からオレンジのグラデーションになるように、絹で作られたクッションがたくさん並べられている。

部屋の中にはたくさんの素焼《すや》きの鉢が置かれ、いかにも熱帯らしい背の高い植物がいくつも植えられている。壁《かべ》にはインドネシア風の鳥の絵が飾《かざ》られていて、すごくお洒落《しゃれ》だ。

「コテージの山側にはインドアダイニングや小さなライブラリーがありますので、後ほど探検してくださいね」

ワヤンは言いながら海の方向に歩き、両開きのドアを大きく開く。

「こちらがベッドルームです」

そこにはアジア風の天蓋《てんがい》のあるものすごく大きなベッドが置かれていた。天蓋からは薄布《うすぬの》が下がり、天井《てんじょう》でゆっくりと回る木製のファンが起こす風に優雅《ゆうが》に揺《ゆ》れている。

「おっきいベッド。キングサイズ？　こんなの初めて見た」

ベッドには白のベッドカバーがかけられ、寝心地《ねごこち》のよさそうな大きな枕《まくら》と、小さなクッションがたくさん並べられている。あそこにダイブして昼寝《ひるね》をしたらさぞ気持ちがいいだろう。

「っていうか、オレ、けっこう汗《あせ》かいてるんだけど。まずはお風呂《ふろ》かなあ」

オレが言うと、ワヤンはにっこり笑い、

「でしたら、お風呂を」

言いながらベッドルームの窓に近づく。大きなガラス窓を開くと、そこにはルーバーになった木製の雨戸。彼はそれを大きく開く。

ベッドルームの窓の外には、海を見下ろせる、石貼りの広々としたバルコニーがあった。美しい青のグラデーションを描《えが》くタイルの貼られた、四角くて大きなプールがある。プールの水面は傾斜地のギリギリのところにあり、涼《すず》しい水音を立てながらプールの水が滝《たき》のように下に流れ落ちている。プールサイドにはデッキチェアのほかに、絹のクッションが置かれたディベッドがある。鉢に植えられた大きなバナナの木が木陰《こかげ》を作り、読書をしたらすごく気持ちよさそう。

「すごい。テレビで見たことある。これってホリゾンタル・プールってやつだろ？」

「はい。まるで滝のように見えますが、この下にもう一つプールがあって、水はそこに流れ落ちていきます。空に浮かんでいるようでとても美しいでしょう」

ワヤンは自慢《じまん》げに言いながらバルコニーを歩き、並べられた椰子の鉢の間を抜《ぬ》けていく。

「こちらはお風呂になります。すぐにお入りになれるように準備しておきました」

バルコニーの真ん中に設置されているのは、アウトドアのシャワーと白大理石で作られた大きな四角い浴槽《よくそう》。フワリと立ち上る湯気は、汗まみれのオレにはすごく魅惑的《みわく》。だけど……。

「なんで、お風呂に花が浮かんでるわけっ？」

お湯には、表面を多い尽《つ》くすほどたくさんの白いプルメリアの花が浮かんでいる。甘い香りがふわりと鼻腔《びこう》をくすぐって、さらに動揺《どうよう》を誘《さそ》う。

「これじゃあまるでハネムーンだよっ！」

「申し訳ありません。プルメリアがお気に召しませんでしたか？」

ワヤンは心配そうな顔になって、

「もしも香りがお嫌《きら》いでしたら、ほかの花をすぐにご用意します。ハイビスカス、ブーゲンビリア、ジャスミン、イランイラン……」

「ちょっと待って。そうじゃなくて」

オレは手を上げて、彼の言葉を遮《さえぎ》る。

「いや、ごめん。ちょっと驚《おどろ》いただけなんだ。日本じゃこんな贅沢《ぜいたく》なことしないし」

ワヤンは不思議そうに首を傾《かし》げて、

「この島では一般的です。どちらにしろ夕方には枯《か》れてしまいますので、それまで香りを楽しんであげた方が」

そう言われて、オレはもう反論できなくなる。

「わ、わかった。入るよ」

彼はにっこり笑ったままうなずいて、

「タオルとバスローブはこちらに。あと、冷やしたフェイスタオルとミネラルウォーターをここにご用意しておきますので」

言いながらバスタブの脇《わき》にある木製のサイドテーブルに、くるりと巻かれた大きなタオルやバスローブ、さらに氷が満たされたシャンパンクーラーを置く。そこにはミネラルウォーターのボトルがたっぷりと挿《さ》されていて、見るだけで喉《のど》が鳴りそう。

「どうか、ここでのご滞在をお楽しみください。何かありましたら、部屋の電話で呼んでいただければすぐに参ります」

「ありがとう。わかった。……って、ちょっと待って！」

オレはあることを思い出して、踵《きびす》を返そうとした彼を慌《あわ》てて呼び止める。

「そういえばオレ、バタバタしていて水着を持ってくるのを忘れちゃった」

彼はにっこり笑って、

「はい。でしたら、いくつかご用意しておきましょう。ディナーまでにはお届けします」

「そうじゃなくて」

オレはシャワーとバスタブを指差して、

「これに入るのに、水着がいるだろ？」

オレの言葉に、彼は驚いたように目を見開いて、

「日本では、お風呂に入るのに水着を着用するのですか？」

「いや、だってこの島には、ほかのゲストもいるんだよね？」

オレは目下に広がる白い砂浜《すなはま》を見渡《みわた》しながら言う。

「だからここで素《す》っ裸《ぱだか》になったら、浜辺《はまべ》を散歩する人とかに、見られ放題だと思うんだけど」

「それならご安心ください。この砂浜はロマーノ家の個人所有です。掃除《そうじ》のスタッフもいますが、お風呂やプールをお使いの時には出入りしませんので……どうぞごゆっくり」

彼はにっこり笑って礼をし、そのまま踵を返して優雅に立ち去る。オレは呆然としたまま広々とした純白の砂浜を見渡す。

「あっさり言ったけど……この砂浜が全部個人所有？　なんだか想像を超《こ》えてる」

オレは呟《つぶや》き、そして自分が直射日光の下、汗をかきながら立っていることに気づく。

……もうなんでもいい！　ともかくシャワーとお風呂だ！

オレは着ている服をすべて脱《ぬ》ぎ捨てて、近くに置いてあるデッキチェアに放《ほう》る。シャワーのコックをひねって頭からお湯を浴び、汗を流す。同じアウトドアでもプールにあるようなシャワーとは違《ちが》って適温のお湯が出るし、シャンプーやボディーソープも用意してある。オレは髪《かみ》と身体《からだ》を手早く洗い、泡《あわ》を洗い流す。そしてバスタオルを取ってそれを腰《こし》に巻きつける。

誰《だれ》かの目がないか思わずキョロキョロしてしまうけど……白い砂浜には人っ子一人いない。

……やっぱり、個人所有なのか……。

オレは思いながらバスタブに向かって歩き、バスタオルを外してバスタブの縁《ふち》に置く。そして思い切ってお湯の中に入る。たくさん入れられている花が肌《はだ》を擦《こす》ってくすぐったいけれど、ふわりと鼻腔をくすぐる甘い香りにうっとりする。

「……いい香り……」

ほんの十数時間前まで、極寒《ごっかん》の東京で、さらわれるの、さらわれないのと大騒《おおさわ》ぎしていたのがなんだか嘘《うそ》みたいだ。

バスタブの縁に両腕《りょううで》をかけ、空を向いて目を閉じる。聞こえてくるのは静かな波の音と、潮風に椰子《やし》の葉が擦《す》れるカラカラという乾《かわ》いた音。

……ああ……リラックスする。もしかして、父さんとあのユリアスって男に感謝しなきゃダメかも……？

「アウトドアバスがすっかり気に入ったようだな」

後ろから聞こえてきた声に、オレはギクリとして動きを止める。そのやけにセクシーな美声は……。

「嘘、なんで来るんだよっ?」

オレは慌てて振《ふ》り返り、思わず叫《さけ》ぶ。そこに立っていたのは、あのイジワルな金髪《きんぱつ》男、ユリアスだった。

「ここは私の部屋だ。来て何が悪い?」

平然と言われて、オレは驚いてしまう。

「ちょっと待って。ここは、あなたの部屋? じゃあ、さっき案内してくれたワヤンが部屋を間違《まちが》えたとか?」

「おまえの父上から、くれぐれも目を離《はな》さないでくれと頼《たの》まれている。少し窮屈《きゅうくつ》かもしれないが、同じ部屋に寝泊《ねと》まりすれば万全《ばんぜん》だろう」

「ちょ、そんな……」

「何か問題でも?」

チラリと見下ろされて、オレはため息をつく。

「もうなんでもいいよ。好きにすれば?」

「そうさせてもらうつもりだ」

彼は言いながら、スーツの上着をいきなり脱ぐ。オレはものすごく慌ててしまいながら、

「ちょっと待て！　まさか一緒《いっしょ》に風呂に入ろうとしてるんじゃないだろうなっ？」

彼はチラリと眉《まゆ》を上げて、

「今、好きにしろと言われたばかりだが？」

「ああ～っ！」

オレは頭を抱《かか》え、それからあることに気づく。

「ちょっと待って。このコテージにあるのは、このアウトドアバスだけ？　こんなに広いんだから、室内にもバスルームがあるんじゃないの？」

「バスルームなら、室内にあと三つあるが」

「わかった。じゃあこうしよう。……オレはすぐに出て、室内の風呂《ふろ》に入る。だから、あなたはゆっくりここに入るといいよ」

彼はオレを見下ろして、

「要するに、私と一緒に風呂に入りたくないんだな？」

図星を指されて、オレは言葉に詰《つ》まる。

……いや、きっとこの男は強引《ごういん》な父さんにオレを押し付けられただけで、けっこう迷惑《めいわく》してるんだろう。それにいきなりお邪魔《じゃま》したオレは、ワガママを言える立場じゃなくて……。

「いや、別に嫌《いや》とかじゃないけど……」

「日本人は温泉というものに慣れていると聞いていた。それに花があるので裸《はだか》が見えるわけではない。だからいいと思ったのだが……」

彼は、なんだかちょっとバカにするようにオレを見下ろして、

「……なるほど、恥《は》ずかしいのか。まだまだ純情なんだな」

「違《ちが》うっ！　男と風呂に入るくらい、全然恥ずかしくないぞっ！　入るなら入れよっ！」

「そうさせてもらう」

彼はあっさりと言って、脱いだ上着をデッキチェアに放る。彼がシュッと音を立ててネクタイを解いたのを見て、オレはなぜだか赤くなってしまいながら慌てて目をそらす。

……うわあ、なんで赤くなってるんだよ、オレ？

衣擦《きぬず》れの音が響《ひび》いて、デッキチェアにワイシャツが投げられる。

……ってことは、上半身裸《じょうはんしんはだか》ってこと……？

オレは思わず彼の方にチラリと視線をやってしまい……そして思わず息を呑《の》む。

彼はオレに横顔を見せ、海の方を向いたままで真っ直ぐに立っている。

逞《たくま》しい肩《かた》、長い腕《うで》、厚い胸と、ギュッと引き締《し》まったウエスト。滑《なめ》らかに陽灼《ひや》けした肌に、しなやかな筋肉の影《かげ》が浮《う》き上がる。彼は……まるで彫刻《ちょうこく》のように美しい身体をしていて……。

無造作にスラックスのベルトを外していた彼が、オレの視線に気づいたようにチラリと見下ろしてくる。

「何かまだ言いたいことでも？」

「べ、別にっ！」

オレは慌てて目をそらし、両腕で花をかき分けながらバスタブの端《はし》に移動する。一番海に近い辺りまで行って両肘《りょうひじ》をバスタブの縁にかけ、身を乗り出しながら海を見つめる。

コックをひねる音に続いて、シャワーを使う音が聞こえる。ってことは、ユリアスは今、素っ裸なんだ。

……って、なんで真っ赤になってるんだ、オレ？

「あ〜、海が綺麗《きれい》だな〜っ！」

オレはわざとらしく叫び……だけどそこから見渡せるのが、本当に美しい景色だったことに改めて気づく。

「……いや、でも、本当にすごいな」

思わず景色に見とれてしまいながら、呟く。

「空も、海も、すっごく綺麗な色をしてる」

コックをひねる音がして、水音が止まる。

「そうだろう？」

後ろから聞こえた彼の声。同時にお湯が動き、彼がバスタブに入ってきたのが解《わか》る。

……うわあ、一緒のお風呂に入ってる……！

オレはバスタブの縁にしがみつくようにして深呼吸をし、必死で平常心を保とうとする。

……なぜだか解らないけど、めちゃくちゃ逃《に》げたい気分だぞ！

「どうした？　もうのぼせたのか？」

せっかく端《はじ》っこにいるのに、彼はすぐ脇《わき》に来てしまう。オレは、

「なんだよっ！　あっちの端に行けよっ！　緊張《きんちょう》するだろっ！」

思わず叫んでしまい、それからさらに赤くなる。

「いや、別にいいんだけどっ！　男同士で風呂に入ったって、なんでもないし！」

彼は呆《あき》れたようにオレを見つめ、それからなぜか深いため息をつく。

「……これだけめちゃくちゃだと、教育のし甲斐《がい》があるかもしれないな」

「……な……っ」

彫刻みたいな端麗《たんれい》な顔に浮かぶのは、完璧《かんぺき》な無表情。口調の中に微《かす》かに含《ふく》まれた呆れたような響き。心からバカにされてる気がして、オレの怒《いか》りが爆発《ばくはつ》する。

「なんだよそれっ！　誰も教育してくれなんて頼んでない！　オレだって来たくて来たんじゃないんだ！　躾《しつけ》なんかしてくれなくて結構！」

「怒りの沸点《ふってん》が低すぎるな。とても紳士《しんし》になれるとは思えない」

思い切り叫ぶけれど、彼はまったく表情を崩《くず》さないままで言う。

「……う……」

オレは言葉につまり……それから拳《こぶし》をきつく握《にぎ》り締めて怒りをなんとか抑《おさ》えようとする。

……怒《おこ》ったら負けだ。ますますバカにされる。

「オレはもう子供じゃない。十九歳で、パーティーに慣れてて、ワルツの名手なんだ。だから
もう、一人前の紳士だ」

オレは、できるだけクールな声を心がけながら言う。

「まあ……こんな人里離《ひとざとはな》れた南の島じゃ、たいしたパーティーはできないよね。オレのワルツ
を披露《ひろう》する機会がなくて残念だよ」

オレは虚勢《きょせい》を張って言う。オレは父さんの会社関連の大きなパーティーに何度か参加したこ
とがあるし、十八歳の誕生日パーティーの時に一回だけ親戚《しんせき》の前でワルツを披露したことがあ
るんだ。まあ、ステップはめちゃくちゃだったし、ダンスの相手は母親だったけど。

「たしかに、国にいる時ほど大きなパーティーはひらけない。ほんの軽い集まり程度だな」

彼の言葉に、オレは気が大きくなりながら、

「まあ、そういう集まりも悪くないけど」

「それなら早速《さっそく》、明日にでも行こう。私の別荘にゲストが来ることは、島中に知られていた。

招待状が山のように届いていたらしい」

……えっ？

オレはちょっと鼻白みながら、

「招待状？　軽い集まりなんだよね？」

「形式的なものだ。とりあえず、私の悪友からの招待に応じることにしよう」

彼はセバスティアーノに合図をし、近づいてきた彼に、

「明日、グラントの屋敷《やしき》で開かれるディナーパーティーに出ることにしよう」

ディナーパーティーという優華な響きに、オレはちょっとだけ不安になる。

「……ディナーパーティー？」

「時間帯が夕食時というだけだ。別に気負う必要はない」

あっさりと言われて、オレはちょっと安心する。

……そうだよな、こんな南の島で本格的なパーティーがあるわけないよな？

◆

「『イソラ・ロマーノ』……やっぱり本には載《の》ってないよな」

オレはガイドブックをめくりながら、ため息をつく。

「いったい、どんな秘境に連れて来られちゃったんだよ？」

飛行機に乗せられる直前、オレは空港の本屋で慌《あわ》てて『世界の隠《かく》れ家リゾート』というガイドブックを買った。目次を見たらかなり通な場所も載っていそうだから選んだんだけど……

『イソラ・ロマーノ』なんて島はまったくどこにも載ってなかったんだ。

ディナー用の贅沢《ぜいたく》なコテージで食事をした後、ユリアスはまた書斎棟《しょさいとう》に消えた。どうやら王子様は優雅にバカンスをしているだけじゃなくてきちんと仕事もしているらしい。

オレは一足先にコテージに戻《もど》ってシャワーを浴び、用意してあったパジャマに着替《きが》えてベッドの上でガイドブックを見ている。

……しかし……。

オレはやけにロマンティックな室内を見渡《みわた》しながら思う。開け放した窓からは月に照らされた海を見渡すことができ、花の香《かお》りの風が吹《ふ》き込んできて……ものすごくロマンティック。

……なんで、あの男と同じベッドに寝《ね》なきゃならないわけ?

オレはほかにベッドルームがあるんじゃないかというかすかな希望を持ちながら、コテージの中を探索《たんさく》した。贅沢なダイニングやライブラリー、いくつものバスルームは見つかったけれど……ベッドルームはほかにはなかった。

「リビングのソファで寝るなんていうのも子供っぽいよな。ただの居候《いそうろう》なのに、ほかのコテージを用意してくれとか主張するのも悪い気がするし……」

オレは呟《つぶや》き、もう我慢《がまん》できなくなってあくびをする。そしてそのまま、やけに幸せな眠《ねむ》りに落ちたんだ。

ユリアス・ディ・ロマーノ

ガラス窓をいっぱいまで開け放したベッドルームに、花の香りの夜風が流れ込んでくる。天《てん》蓋《がい》から下げられた薄布《うすぬの》を大きく吹き上げ、ぐっすりと眠る彼の髪《かみ》を揺《ゆ》らす。

私はベッドに腰《こし》を下ろし、乱れた彼の前髪《まえがみ》をそっと指で梳《す》いてやる。

……ずっと思い焦《こ》がれた彼が、今はこんなに近くにいるなんて。

私は彼の寝顔《ねがお》を見下ろし、胸が甘く痛むのを感じる。

……しかも……こんなに無防備なまま。

ディナー用のコテージでの夕食を終えた後、彼はとても眠そうな顔をしてあくびをし、ワヤンに案内されてコテージに戻っていった。書斎棟で仕事を終わらせてから私が部屋に戻ると……彼はベッドに腹ばいになったまま、ぐっすりと眠っていた。彼のすぐそばには日本語で『世界の隠れ家リゾート』と書かれたガイドブック。インド洋の地図が載ったページが開かれているところを見ると、きっとこの『イソラ・ロマーノ』の場所を探していたのだろう。もちろんこの島は、ガイドブックの小さな地図に載るほど、陸地に近い場所にはないのだが。

彼は、私が用意しておいた淡《あわ》いブルーのシルクのパジャマを着ていた。両手を重ねてそこに頬《ほお》を押し付け、うつぶせのままで寝息《ねいき》を立てている。

彼の身体《からだ》にはシルクの滑《なめ》らかな生地《きじ》が張り付いて……とても美しいそのラインを、仄暗《ほのぐら》い間接照明の中に浮《う》かび上がらせてしまっている。

すんなりと伸《の》びた腕《うで》、引き締《し》まった背中、細いウエスト。キュッと持ち上がった小さな尻《しり》と、すらりと長く伸びた脚《あし》。

彼はいかにも運動が得意そうな、とても美しい身体をしている。

私は彼の顔のすぐそばにあるガイドブックをそっと閉じ、それをサイドテーブルに置く。クローゼットから出した薄手《うすで》の掛《か》け布団《ぶとん》をそっと身体にかけてやろうとし……。

「……ん……」

気配を感じたのか、彼は微かに呻《うめ》いてゆっくりと仰向《あおむ》けに寝返《ねがえ》りを打った。起こしてしまっただろうか、と心配になるが、そのまままた安らかな寝息を立て始める。

滑らかな頬、細く通った品のいい鼻筋。

少し気の強そうな眉《まゆ》と、長い長い睫毛《まつげ》。

そして今はとても無防備に寝息を漏《も》らす、どこか色っぽい唇《くちびる》。

私は彼の美しい寝顔に見とれながら、心から思う。

……ああ……彼が私の恋人《こいびと》になってくれたら、どんなに素晴《すば》らしいだろう？

小石川悠一

……嘘《うそ》だろ？　なんなんだよ、これは？

オレは目の前に広がる光景に呆然《ぼうぜん》とする。

……何が、「ほんの軽い集まり」だよっ！

リムジンが停《と》まったのは、コロニアル風の純白の建物。広々とした車寄せには映画で見たことのあるような白い列柱が並び、広い階段が両開きのドアに続いている。階段の上、ドアの両側には、白いスタンドカラーのシャツを着て腰にアジア風の布を巻いたドアマンが姿勢よく並んでいる。車寄せにはたくさんのリムジンが停まり、そこから華《はな》やかな人々が次々に降り立っている。

……なんだよここ？　ニューヨークの高級ホテル？　それともパリのオペラ座？

日本ではなかなか見られないようなリッチな光景に、オレは呆然とする。

……ともかく、とんでもない場所に紛《まぎ》れ込んだ気がする……。

よく見ると、人々は南の島に相応《ふさわ》しく服装を着崩《きくず》している。男性はタキシードの上着を脱《ぬ》いで袖《そで》をまくり、女性は肩《かた》や腕を出したり、裾《すそ》がシースルーになったりしている涼《すず》しげなデザインのドレスを着ている。彼らのそのラフさが、ますます世慣れた感じで……。

ユリアスはスタンドカラーのシャツと麻《あさ》の上下を格好よく着こなしているけれど、それは彼のいつもの服装なんだと思ってた。彼の『ちょっとした集まり』という言葉を信じてしまったオレは、半袖《はんそで》のTシャツに、膝《ひざ》までのカーゴパンツ、足にはビーチサンダル。

……ヤバすぎる。ここではオレは完全に場違《ばちが》いだ。

「あ、あのさ」

オレは気圧《けお》されていることがバレないように、必死で笑いながら言う。

「ドレスコードとか聞いてなかったけど、フォーマルなパーティーなんだよね？　この格好じゃちょっと合わない。さすがにサンダルはヤバイでしょう。やっぱり今夜は……」

「この島にドレスコードなどない」

彼があっさりと言う。

「これはパーティーではなくほんの気軽な集まりなので、服装など気にしなくていい」

「いや、でも……」

オレが言いかけた時、いきなりリムジンのドアが開いた。驚《おどろ》いて顔を上げると、車寄せにいたドアマンの一人が近づいてきて外側からドアを開けていた。ユリアスはごく自然に車の外に降り立ち、そしてオレに手を差し伸べる。

「おいで」

低く言われて、なぜだか鼓動《こどう》が速くなる。

「いや、でもオレ……」

「おいで」

彼は言ってオレの手を摑《つか》み、そのままそっと引く。オレは赤くなってしまいながら、リムジンから車寄せに降り立ってしまう。

「……う……」

周囲の人達がオレとユリアスに注目していることに気づいて、オレはさらに真っ赤になる。

……うわあ、きっと「なんだろう、あの場違いな子供は？」とか思われてる。

本当はこのまま逃《に》げたいけれど……。

「そんな顔をしなくていい。パーティーは楽しむものだ」

ユリアスが言いながら、オレの肩を抱《だ》き寄せる。それを合図にしたように車寄せにいた人々がオレ達を取り囲み、口々に挨拶《あいさつ》の言葉を言い始める。オレはユリアスに紹介《しょうかい》され、もうとても逃げるどころじゃなくて……。

◆

……ああ、やっぱり騙《だま》された。何がちょっとした、だ。

パーティーには老若男女《ろうにゃくなんにょ》が入り交じっていたけれど、ユリアスを取り囲んだのは、二十代くらいの若い男女だった。彼らは揃《そろ》って上品で、お洒落《しゃれ》で、おまけにスタイルのいい美男美女ばかり。

オレは、劣等感《れっとうかん》を刺激《しげき》されながら思う。

……今すぐに逃げてしまいたいぞ……。

日本にいる時、オレは、お金持ちの子息、とか、美青年、とかちやほやされてきた。だけど、本物の王族貴族、しかもこんな美形がたくさんいるここでは、そんなものなんの役にも立たなそうだ。

「ユリアス、紹介してくださらないの？」

「この島に来るのは初めてよね？　すごく綺麗《きれい》な子」

真っ赤なサマードレスや、黒のタイトなドレスを着た美女達が、口々にユリアスに言う。ヒールのせいもあるかもしれないけど、彼女達はオレよりも十センチは大きい。見下ろされ、まるで親戚《しんせき》の子供でも褒《ほ》めるかのような口調で言われて、本気で逃げたくなる。

「私はグロリア。彼女はマリア。よろしくね」

興味津々《きょうみしんしん》の顔で覗《のぞ》き込まれて、オレは必死で英語を思い出しながら、

「ユウイチ・コイシカワです。よろしく」

一応言うけれど、発音には全然自信がない。彼女達は楽しそうに笑うけれど、喜んでいるのかバカにされているのか判別できずに、意味もなくコンプレックスを感じる。

これからは男は国際的でなきゃいけない、という父さんの意見で、オレには英語の家庭教師がつけられていた。だけど英語なんかほとんどできない父さんが探してきた家庭教師は、なんとオーストラリアからの留学生。発音はかなりめちゃくちゃだった。彼のおかげで文法とヒアリングはとりあえずできるんだけど……覚えているのが正しい英語の発音なのか、それともオーストラリア訛りなのかが解《わか》らなくて、いつも話す前に考え込んでしまう。

「うん、たしかに美しいな。それにこの島ではなかなか見られないタイプだ」

彼女達の隣《となり》に立っていた黒髪《くろかみ》の男が、オレをまじまじと見下ろしながら言う。

「私はエドワード。よろしく、ユウイチ」

その後ろから遊び人風の茶髪《ちゃぱつ》の男が顔を出し、オレを覗き込んで、

「私はグラントだ。よろしくな、ユウイチ。ちょっと生意気そうなところもとても好みだな。恋人に立候補してもいいかな？」

オレは、冗談《じょうだん》じゃないぞ、と言い返そうとするけれど……とっさに英語が出てこない。

……だから、ヒアリングはともかく、話すのは苦手なんだよ……！

オレの沈黙《ちんもく》をいい方に取ったのか、グラントと名乗った茶髪の男は嬉《うれ》しそうに笑いながら、

「赤くなっている。照れてるのかな？　そういうところもますます……」

「遠慮《えんりょ》してもらおうか」

ユリアスが言い、オレの身体《からだ》を引き寄せる。そのままオレの肩を抱《だ》いて、

「彼はユウイチ・コイシカワ。恩のある人から頼《たの》まれて預かっている、大切な客人だ」

彼の言葉に、オレは驚いてしまう。

……父さんに恩がある？　この男が？

「へえ、そうなんだ？　じゃあ、おいそれとは手は出せないかな？」

グラントが笑いながら言う。だけどエドワードと名乗った黒髪の男は妙《みょう》にセクシーな流し目でオレを見て、

「いや、恋愛《れんあい》に口を出すほど野暮《やぼ》ではないはず。そうだろう、プリンス・ロマーノ？」

黒髪の男はいきなりオレに手を伸《の》ばし、オレの頬《ほお》に触《ふ》れてくる。

「もしも止めるとしたら、それは個人的にこの青年が気に入っているということかな？」

「そうではない。面倒《めんどう》ごとはごめんなんだ」

ユリアスは言い、エドワードの手をさりげなく払《はら》いのける。

「彼に手を触れないでもらおうか」

グラントとエドワードは顔を見合わせ、それから揃ってにやりと笑う。

「個人的に気に入ったということかな？」

「ああ。作り物のようにクールだと思っていたユリアスの好みがやっとわかった。やんちゃそ

うな美青年が……」

「ユリアス！」

後ろから響《ひび》いた快活な声が、二人の言葉を遮《さえぎ》った。ユリアスは俺の肩越《かたご》しに後ろを見て、

「アレッサンドロ叔父《おじ》さん。いらしていたのですか」

「ああ。……日本からの客人は到着《とうちゃく》したんだな？　おお、こんなに若い子だったのか」

振《ふ》り返ると、賑《にぎ》やかに言いながら長身の男性が近づいてきていた。

鍛《きた》えられた逞《たくま》しい長身。白のポロシャツと白のスラックス。錨《いかり》のエンブレムがついた濃紺《のうこん》の上着とデッキシューズ。いかにも南の島でバカンスを過ごしている船好きのお金持ちというリッチな雰囲気《ふんいき》。白髪《しらが》交じりの髪《かみ》と声からして五十がらみだろうけど……陽灼《ひや》けした頰がすごく若々しい。

オレは彼の顔を思わず見つめてしまい……そしてユリアスとどこか似ていることに気づく。彫刻《ちょうこく》みたいに完璧《かんぺき》にクールに見えるユリアスよりはちょっと俗《ぞく》っぽい感じだけど、かなりのハンサム。近づいてきた彼から高そうなコロンが香《かお》り、こういう人がきっと女性にモテるんだろうな、と思ってしまう。

「私はアレッサンドロ・ディ・ロマーノ。現ロマーノ公国の元首の弟で、ユリアスの叔父に当たる人間だ」

「……あ……」

オレは思わず姿勢を正す。

「オレ、ユウイチ・コイシカワといいます。よろしくお願いします。……ええと……」

握手《あくしゅ》をしていいのか迷ったオレの手をアレッサンドロさんはごく自然に持ち上げて、キュッと握《にぎ》ってくれる。

「よろしく、ユウイチ」

にっこり笑われて、オレは思わず見とれてしまう。

……わあ、なんだか大人の男って感じ。

オレはちょっとドキドキしてしまいながら思う。

……なんだか、憧《あこが》れちゃうかも。

「ユリアスのコテージに滞在《たいざい》中だって？　あそこはたくさんの警備員が巡回《じゅんかい》している。ユリアスが一緒《いっしょ》でないとあのビーチから一歩も外に出ることができないだろう？」

彼の言葉に、オレは首をかしげる。

「すごく広いから、別荘の外に出ることは考えたことがありませんでした」

オレは言って、ユリアスを思わず振り返る。

「オレ一人じゃ、あそこから出ることはできないの⁉」

オレの問いにユリアスはうなずいて、

「あそこを出る時は必ず私と一緒に行動してくれ。セキュリティーのためだ」

「セキュリティー？　こんな平和そうな島で、大げさな……」

オレは思わず言ってしまい、ユリアスにチラリと睨《にら》まれて口を閉じる。

……本物の王子様には、オレみたいな庶民《しょみん》には計り知れないような危険が待っているのかも。ストーカー一人で大騒《おおさわ》ぎしてるオレって、ちょっとバカみたい？

「ロマーノ公爵《こうしゃく》！　お久しぶりです！」

「シニョール・マルティニ、ご無沙汰《ぶさた》しております」

新しく到着したゲストがユリアスに話しかけ、ユリアスはそれに応《こた》えている。

「……もしも一人で抜《ぬ》け出したくなったら、すぐに私に連絡《れんらく》をしなさい」

隣に来たアレッサンドロさんが、笑いながらオレに囁《ささや》いてくる。

「たしかにおかしいと思うかもしれないが……ロマーノ大公家はいろいろと複雑でね。その関係者である君が一人で行動することは、あまりいいことではないんだ。私に連絡をすればすぐに守ってあげるから」

そして、手にそっとカードを握らせる。視線を落とすと、それはプライベートのものらしい名刺《めいし》で、彼の名前と携帯《けいたい》電話の番号が書かれていた。

「ユリアスと喧嘩《けんか》でもした時には、気軽に相談してくれ」

優《やさ》しい顔でにっこりと笑われて、オレは思わずうなずいてしまう。

「ありがとうございます。知らない島にいきなり来ちゃったので少し不安だったんです」

「そうだろうなあ。ユリアスはいい男なんだが、少々気難しいところがあるしね」

彼は言い、それからお茶目《ちゃめ》な感じで、

「そういえば、君の連絡先《れんらくさき》は教えてもらえないのかな？　私は危険そう？」

「そんなことはないです。ええと、この島で使えるかわからないですが、連絡先は……」

オレは言いながら、彼に携帯電話の番号を教える。彼はうなずいて、

「覚えた。ユリアスが忙《いそが》しそうな時に電話をしてみよう。君が寂《さみ》しがっているといけない」

またハンサムな顔に笑《え》みを浮《う》かべてくれる。

……なんだか、いい人かも……。

◆

「……あなたがあんなこと言うから、オレ、信じちゃった。Ｔシャツ姿であんなパーティーに出るなんて、すごく恥《は》ずかしかったんだからな」

コテージに戻《もど》ったオレは、ユリアスに八つ当たりをしていた。

「楽しそうだったじゃないか」

平然と言われて、オレはいろいろなことを思い出して一人で真っ赤になる。

「だけど、オレの英語、たまに通じなかったし、ちょっと笑われた。やっぱり変なんだ」

オレが言うと、彼はチラリと眉《まゆ》を上げて、

「自覚しているのなら、直せるだろう？」

「だけどはっきりはわからないんだ！　あなたが教えてくれればいいのに！」

オレは言ってしまってから、すぐに言わなければよかった、と思う。

……どうせ、こんなイジワル男が親切にしてくれるわけがない。

思ったら、なんだか暗澹《あんたん》たる気分になる。

日本を離《はな》れているオレにとっては、この男は唯一《ゆいいつ》の味方といえる。だけど、この男はすごくイジワルで、きっとオレのことなんか軽蔑《けいべつ》してる。

……なんだか、本当に居たたまれない。早く日本に……。

「たしかにそうだな」

男の声にオレはハッと我に返る。

「え？」

「教えてやろうと言ったんだ。どうせ暇《ひま》なんだろう？」

彼の言葉に、オレは本気で呆然《ぼうぜん》としてしまう。

「冗談《じょうだん》だろ？」

「私が冗談を言うような男に見えるか？」

やけに真面目《まじめ》な顔で見つめられて、オレは、

「いや……あんまり見えないけど……」

「それなら信じることだな」

あっさり言われて、なんだか複雑な気分になる。

……なんで急に親切になったんだ？　何か裏があるんだろうか？

「最低限のことを勉強するだけで、コンプレックスを持たなくてすむようになる。やって損はないだろう」

彼の言葉に、オレはうなずいてしまう。

……なるほど、ちょっといいことを言う。

「うん。たしかにそうだけど……」

「まあ、おまえに根性《こんじょう》があるかどうかは、まだわからないが」

……いや、イジワルなのは変わらないから、もちろんこんなやつ嫌《きら》いなんだけど！

「それならこれから特訓だ。英語がきちんと通じなかっただけでなく、経済の話も、世界情勢の話もできなかっただろう？」

いきなり言われて、オレは驚《おどろ》いてしまう。

「ちょっと待って。ええと……」

「きちんと話ができなくて、悔《くや》しかったんじゃないのか？」

ユリアスに言われて、オレはたしかにそうだ、と思う。

「うん。たくさんの外国の人とあんなに会う機会なんて、日本にいたらなかなかないと思う。だから本当は、ちゃんといろいろ話したかった」

「それなら、今夜から特訓だ。私は昼間は仕事をしているので、夜になるが」

「うん。どっちにしろ暇だし、いつでもいいよ」

「そうだ。今夜頑張《がんば》れたら、明日は少し特別なランチに招待する。ご褒美《ほうび》だ」

彼の言葉にオレは喜びそうになるけど……。

……この男の『少し』は想像を超《こ》えてる。用心しなきゃ。

◆

『少し』特別なランチって言ったじゃないか！　なんでこんな場所まで来るんだよ⁉」

オレはクルーザーの舳先《へさき》に立ちながら言う。

ユリアスは「昨夜頑張ったご褒美だ」って言ってオレを個人所有のクルーザーに乗せた。だから、クルーザーの上で何かを食べるんだろうって思ってちょっとワクワクしてたのに……。

「桟橋《さんばし》を出てからもう三十分！　もう十二時だ！　お腹《なか》が空《す》いたっ！」

昨日はあのまま、十二時過ぎまで英語の特訓をされた。めちゃくちゃ苛《いじ》められるかと覚悟《かくご》していたけれど、彼は意外にも真面目に授業をしてくれた。オレは彼に指摘《してき》されて、どの単語の発音が間違《まちが》っていたのかをはっきり認識《にんしき》することができた。「それ以外は完璧《かんぺき》だ」とあっさり言われて、なんだか自信までついてしまった。

……それは、すごく感謝してるけど……。

かなりみっちりと特訓されたのと、パーティーで気疲《きづか》れしていたせいで、オレは昨夜はぐっすり眠《ねむ》った。っていうか、ぐっすり眠りすぎて朝食を抜かしてしまった。そのせいで、お腹はぺこぺこだ。

甲板《かんぱん》に出てきたシェフが、オレの言葉に気づいてちょっと申し訳なさそうに言う。

「申し訳ございません。島に着いたらすぐにランチにいたしますので」

「島？」

オレは驚き、それから進行方向に目を凝《こ》らす。それからさらに三百六十度をぐるりと見渡《みわた》してみるけれど……島影《しまかげ》らしきものはまったく見えない。

「何もないよ。ってことは、あと何時間もかかるの？」

オレはすきっ腹を抱《かか》えてため息をつく。

……この男がちゃんと起こしてくれれば、朝ごはんが食べられたのに……。

ムカつくことに、この男はオレを起こさないまま、部屋のアウトドアダイニングに朝食を運ばせ、しっかり一人で食べたらしい。「起きればおまえの分もすぐに運ばせた。だが起こすのは可哀想《かわいそう》だったので放っておいた」なんてしゃあしゃあと言われてさらにムカついた。

……絶対、眠りこけてるオレを見て、笑っていたに決まってる。性格悪すぎる。

「もうすぐだ。あそこに見えるだろう」

ユリアスが言って、前方を指差す。オレは慌《あわ》てて彼の隣《となり》に立ち、目を凝らすけど……。

「見えないよ。騙《だま》したんだな？　本当にイジワル……」

オレは言いかけ、あるものに気づいて言葉を切る。

「なにあれ？　海から椰子《やし》の木が生えてる！」

そのとても不思議な光景は、どんどん近づいてくる。

島らしき隆起《りゅうき》はまったくなく、ただ広々としたエメラルドグリーンの海が広がっているようにしか見えない。だけどそこに一本だけ、椰子の木が風に揺《ゆ》れていて……。

「クルーズをしていて偶然《ぐうぜん》に見つけた。海面ギリギリまで隆起したごくごく小さな島に、波で椰子の実が流れ着いたのだろう」

彼が言っている間に、船はどんどん島に近づいていく。どうやら浅瀬《あさせ》に近づいたみたいで、クルーザーがゆっくりと停止した。

後部甲板の方に人が集まっているのを見て、オレはあわててそっちに向かう。後部甲板の外側には救命ボートの代わりに長細い木製のカヌーが五隻《せき》、鎖《くさり》で下げられていた。オールを持った乗組員がそれぞれ一人ずつ乗り込むと、甲板の操作盤《ばん》のボタンが押され、カヌーは次々に海に降ろされていく。

カヌーが水面に到着《とうちゃく》すると、乗組員は鎖を外し、カヌーを漕《こ》いで船尾側《せんび》に回っていく。待機していたシェフとウエイターが船尾側の側面に取り付けられた金属製の梯子《はしご》を降り、慣れた様子でカヌーに跳び移る。甲板に立った乗組員が大きなバスケットを縄《なわ》を使って降ろし、カヌーの上のウエイターがそれを受け取って縄を解く。

バスケットを受け取ったカヌーから、方向を変えて島に向かって進み始める。四隻のカヌーがクルーザーを離れ、最後の一隻だけが残される。

「どうぞ」

「うわ、けっこう揺れるんだ？」

乗っているクルーザーと手漕ぎのカヌーまでは二メートル以上の高低差があった。しかも船同士がぶつかるのを避《さ》けるためか、船と船の距離《きょり》も一メートルくらい開いている。梯子を伝って海面近くまで降り、跳び移ればいいのは解《わか》るけど……波に大きく揺れている船でそんなことをするのは、海に慣れていないオレからするとちょっと怖《こわ》い。

「うわあ」

「失礼、先に行かせてくれ」

呆然と立ちすくんでいるオレの脇《わき》を、ユリアスが擦《す》り抜《ぬ》けた。身軽に梯子を降りて船に跳び移り、船底に立ってオレを見上げてくる。

「どうした？」

怖いのを見透《みす》かされた気がして、オレは慌てて船尾の梯子を掴《つか》む。揺れる船の上、海の上に張り出した形になっている梯子を降りるのは、それだけでけっこう怖くて……。

「……う……」

梯子の一番下までなんとか降りるけれど、そこからどうやって船に跳び移ればいいのか解らない。高低差は一メートル半ほどだけど、いい加減に跳んだら隙間《すきま》の海に落ちそうだし、無理やり跳び移ってカヌーが転覆《てんぷく》したら大変だし……。

「おいで」

船底に立ったユリアスが、オレに真っ直《す》ぐに両手を差し出してくる。彼の手は長い指と滑《なめ》らかな肌《はだ》をしていて、やけに美しい。オレは一瞬《いっしゅん》見とれ、それから、

「いや、無理だってば。ちょっと待って。覚悟を決めるから……」

「あやまって船の間に落ちたら大変だ。跳びなさい」

彼は両手を差し出したまま、オレを真っ直ぐに見上げる。

「きちんと受け止めるから」

鮮《あざ》やかなスカイブルーの瞳《ひとみ》が、オレを見つめている。その強い視線がなんだかすごく信頼《しんらい》できる気がして……オレは思い切って梯子を蹴《け》って……。

身体《からだ》が一瞬、潮風の中に浮《う》き上がる。やけに長く感じた次の瞬間《しゅんかん》、オレの身体は逞《たくま》しい彼の腕《うで》にしっかりと抱《だ》き締《し》められていた。

「偉《えら》いぞ。跳べたじゃないか」

そのまま抱き締められ、耳元で囁《ささや》かれて、ただでさえ速かった鼓動《こどう》がますます速くなる。

「……う、うん……」

オレは喜びと恥《は》ずかしさで真っ赤になりながら、彼の腕から逃《のが》れる。

「……いや、別に怖かったわけじゃないけど」

「それならよかった。そこに座って」

彼が船底に置かれたクッションを示し、自分も向かい側に座る。船尾側で待ってくれていた乗組員に合図を送る。オレは彼を振《ふ》り返って、

「待たせてごめんなさい。ちょっと船に慣れてなくて」

「いえ。最初はみなさんカヌーには戸惑《とまど》われます。乗っていれば、意外に安定がいいことがおわかりになりますよ」

乗組員はにっこり笑ってオールを使い始める。一本の長いオールを左右に交互《こうご》に挿《さ》しながら漕ぐやり方は独特で、テレビで見た南の島の漁師さんのやり方を思い出す。カヌーは驚《おどろ》くほどの安定感と速さで進み、みるみる小さな島が近づいてくる。

カヌーが砂地に引き上げられ、オレとユリアスはその不思議な島に降り立った。

ウエイター達が布で作った日陰《ひかげ》の中に折りたたみの木製の椅子《いす》とテーブルをセットする。シェフ達は手際《てぎわ》よく日陰に簡易コンロを準備し、バスケットから出した鍋《なべ》をそこにかける。すぐ

に食欲《しょくよく》を刺激《しげき》される香《かお》りが漂《ただよ》い始める。

「砂が真っ白。そしてあの椰子の木、やっぱり不思議だよね」

食事を待つ間、オレとユリアスはその不思議な島を散策していた。島は細長く、短辺が五十メートルくらい、長辺は二百メートル近くある。ほとんどが純白の砂でできているけれど、椰子の木の周囲にだけ岩と土が見えている。

「この島のほとんどは満潮で海に沈《しず》むが、椰子の木の根元だけがわずかに海面に出たままになる。珊瑚《さんご》のかけらが集まってできた島でない証拠《しょうこ》に、椰子の根元からは真水が湧《わ》いている」

ユリアスが言いながら、椰子の木に近づく。オレは興味津々《きょうみしんしん》でそれに続き、彼が指差したところに注目して……。

「あ、ものすごく小さい泉！」

思わず声を上げてしまう。椰子の木の根元にはよく見ると水溜《みずたま》りみたいな小さな泉があり、砂を巻き上げながら水が噴《ふ》き出していた。川になるほどの量じゃないみたいで周囲の砂に吸い込まれてしまうけれど、泉の水はすごく綺麗《きれい》そうで……。

「こういうのを見ると、飲んでみたくなるよね？」

オレが聞くと、ユリアスは、

「実は以前、水質調査に出したことがある。いくら湧いたばかりの水とはいえ、地質によっては飲めない場合もあるから。しかしこの水はとても良質だという結果が出た」

「で、飲んだんだ？」

オレが言うと、ユリアスはうなずいて、

「とても美味《おい》しかった」

「本当？　じゃあオレも」

オレは手で泉の水をすくって、恐《おそ》る恐る飲んでみる。

「冷たい！　美味しい！」

オレは思わず声を上げ、それから周囲に広がる大海原《おおうなばら》を見渡《みわた》す。

「こんな海の真ん中に、真水が湧いているなんて。地球って、本当に不思議」

思わず陶然《とうぜん》と言ってしまってから、笑われるかも、とユリアスを睨《にら》む。しかし彼は真面目《まじめ》な顔のまま、

「私も同じことを思った。気が合うな」

無感情に言われて……なんだかちょっと可笑《おか》しくなる。しかもこの無表情なユリアスが、湧いてる水を飲んでみたなんて、やっぱりちょっと面白《おもしろ》い。

「……そうかもね」

……ほだされちゃダメだ。だけど……。

オレはちょっとだけあったかい気持ちになりながら思う。

……もしかして、そんなに悪いやつじゃないのかも……？

「オレ、エスニックとか食べたことないんだ」

オレはテーブルの上に次々に並べられる料理に、少し気圧《けお》されながら言う。

「うちのお手伝いさん、かなりの高齢《こうれい》だから和食しかできないし、家族で外食の時もそういうお洒落《しゃれ》な店には連れて行ってくれたことなかったし」

「ぜひ試《ため》してみてください」

シェフが自慢《じまん》げに言って、にっこり笑う。

「暑い場所では、暑い土地の料理が一番です。……ご説明しましょう」

言いながら、ずらりと並んだお皿を示して、

「こちらが温野菜のサラダ、『ガドガド』。茹《ゆ》でた野菜をピーナツなどの入ったスパイシーなソースで召《め》し上がっていただきます。そしてこちらが『ソト・アヤム』。春雨《はるさめ》や野菜が入ったインドネシア独特のスープです。これが『ナシ・ゴレン』。目玉焼きを添《そ》えたインドネシア風のチャーハンです」

「もっと辛《から》そうなものばっかりかと思ったけど、そうでもないんだね」

オレが言うと、シェフは片目をつぶって、

「と思っていると辛い場合もありますので、ご用心を。……そしてこれが『サテ』。スパイシーな下味をつけた肉の串焼《くしや》きです。こちらが『カレー・アヤム』。鶏肉《とりにく》を使ったスパイシーなインドネシア風のカレーです。デザートは、クーラーボックスの中に『ジャジャ・バトゥン・ベディル』という冷たいライスプディングを用意しております」

ウエイターがユリアスのグラスにシャンパン、オレのグラスにミネラルウォーターを注ぎ、瓶《びん》をシャンパンクーラーの氷の中に挿し込む。

「どうもありがとう。あとは適当にやる。夕方になったら迎《むか》えに来てくれ」

ユリアスの言葉に、オレは驚いてしまう。

「もしかして、みんな帰っちゃうの？」

「満潮になるまでにちゃんとお迎えに上がります」

シェフが言って、さっさと空になった鍋をバスケットに詰《つ》め込み始める。彼らは慣れているようで手早くいらないものを片付け、さっさとカヌーに乗ってクルーザーに戻《もど》っていく。

「うわあ。大海原の真ん中に取り残されるなんて！」

彼らが乗り込んだクルーザーが小さくなっていくのを見て、オレは思わず情けない声を出してしまう。そしてユリアスがクスリと笑ったことに気づいてムッとして振り返る。

「私と二人きりでは不安か？」

楽しそうに言われて、キッと睨んでやる。

「別に！　さめないうちに食べよう！」

オレは言ってフォークを持ち上げ、やけくそでランチを食べ始め……そしてその美味しさに夢中になってしまう。

……なんだか、何もかもが新しい体験って感じがする。

◆

……なんなんだ、この無駄《むだ》にロマンティックな景色。

オレは見渡す限《かぎ》りに広がるエメラルドグリーンの海と、入道雲が湧きあがる明るい青空を見渡しながら呟《つぶや》く。

一本だけの椰子《やし》の木、白い砂浜《すなはま》に置かれたパラソルとデッキチェア。隣《となり》にいるのは、ものすごく美しいけれどイジワルな男。

……しかし……。

オレはミネラルウォーターのボトルを傾《かたむ》けながら、隣の男にチラリと視線を送る。

……見れば見るほど、すごい身体《からだ》をしてる。

陽《ひ》に灼《や》けた完璧《かんぺき》な身体で、オレを圧倒《あっとう》している。

彼は両腕《りょううで》を頭の後ろで組み、リラックスしたライオンみたいにくつろいだ様子だ。色の濃《こ》いサングラスで目の部分は覆《おお》われているけれど、胸がゆるやかに上下しているところをみると、ぐっすりと眠《ねむ》っているんだろう。

彼の身体は、隅々《すみずみ》まで滑《なめ》らかな金色に陽灼けしている。これだけの陽光が降り注ぐ島にいながら遊び人っぽい品のない灼け方をしないのは、サンタンオイルを塗《ぬ》ったりしてきちんと太陽と付き合っている証拠だろう。

毎日泳いでいるというのがうなずける、男らしい完璧な体形。浮《う》かび上がるしなやかで無駄のない筋肉は、ジムで無理やり作り上げたのとは違《ちが》う自然なもの。プロのダンサーのそれに近いかもしれない。

オレは我慢《がまん》できなくなって、チラリと自分の身体を見下ろす。

……ああ、またコンプレックスが刺激される……。

スポーツ万能のオレは、大学の運動部からひっぱりだこの存在。正式に所属しているのはバスケット部だけど、助っ人《すけと》として野球部とサッカー部と水泳部の活動にも参加してる。いろいろな部を気分で回りながら放課後のほとんどの時間身体を動かしてるオレは、本当なら背の高いマッチョな男になってもおかしくないと思う。けど……。

オレの母さんは、若い頃《ころ》にファッション雑誌の読者モデルをやっていてけっこう人気だったらしい。今でもスタイルがいいのが自慢。そして一人息子《むすこ》のオレはなぜだか母さんの血を多く引いちゃったみたいで、肩幅《かたはば》はあるし手足はまあまあ長いけど、男らしいという言葉とは程遠《ほどとお》

い。一応最低限の筋肉はついているつもりだけど、どんなにトレーニングしてもそれ以上には
どうしてもなれないんだ。

……父さんに似てれば、ちょっとはこの男に対抗《たいこう》できただろうか？

オレの父さんは大学を出たあとで建築現場の作業員になり、そこから叩《たた》き上げで社長になった。どうやら祖父《じい》さんの命令だったらしい。そのせいか骨格はまさにオトコって感じだし、今でも筋肉はすごい。身長も百九十センチ近くあってこの男と張れそうだ。

……まあ、顔は鬼瓦《おにがわら》って感じだけど。

オレは鬼瓦の父さんとお姫《ひめ》様みたいな母さんが並んだ姿を思い出して、思わずクスリと笑う。

それから……二人がめちゃくちゃ心配してくれていることも思い出す。

……オレがもっと逞《たくま》しかったら、変なストーカー男なんか一発でやっつけられたのに。

オレは海を見つめながら、深いため息。

……そしたら、父さんや母さんを心配させることもなかったのに。

「どうした？」

いきなり声がして、オレはギクリとして隣を振《ふ》り返る。眠っていると思っていたユリアスがこっちに顔を向けていた。サングラスをかけたままだから目は見えないけれど、声には寝《ね》ぼけた響《ひび》きがない。もしかして、さっきからずっと起きていたのかもしれない。

「なんだよ、脅《おど》かすなよ。寝てるかと思った」

オレは言い、それから、情けない顔をしてただろうか、とちょっと赤くなる。

「べ、別に。隣にいるのがビキニのお姉さんじゃないのが残念だな、と思ってただけ！」

オレが言うと、彼はクスリと笑い、

「もしビキニの女性だったら何をするつもりだ？」

オレは自分が未経験なことを見透《みす》かされた気がして、ちょっとムキになりながら、

「そ、そりゃあ、こんなロマンティックな浜辺《はまべ》にいるならするべきことをするに決まってる！　オレだって一応男だし！　とりあえずヤりたい盛りだし！」

「ふうん」

彼は、興味なげに生返事をする。

……どうせこの男は女性にモテまくりだろうから、オレの悩《なや》みなんてくだらないと思ってるんだろうな。

「するべきこととは、たとえば？」

さらに突《つ》っ込んで聞かれて、オレは面食《めんく》らう。

……あ、もしかしてこの男、オレが未経験かどうか試してるのか？

「そ、そりゃあ、まずはキスとかかな？　だってオレ、紳士《しんし》だし！」

……本当は、キスなんかしたことないんだけど……。

オレはたしかに女の子にモテる。だけど、女の子と付き合っても手を握《にぎ》ることまでしかした

ことがない。だって、オレは遊びの相手が欲しいんじゃなくて、運命の相手を探してるから。それを言うと女の子はみんな呆《あき》れ、関係がなかなか進まないことに焦《じ》れて去ってしまう。……オレは間違《まちが》っているとは思わないけど、きっと世間の男はもっと違うことをしてるんだろうなあ。

オレはふと思い、目の前のこの男はどうなんだろう、と興味を覚える。

……こんなにクールで紳士的なのに、すごい強引《ごういん》だったりして……。

「あなたは？　もしかして、キスを抜《ぬ》かしていきなりエッチなことをしたりして……」

「知りたいか？」

彼が言いながら起き上がり、デッキチェアから立ち上がる。木陰に置かれたクーラーボックスに飲み物を取りに行くんだろうと思ったオレは……彼がオレのデッキチェアのすぐ脇《わき》に立ったことにちょっと驚《おどろ》いてしまう。浜辺の白い砂が太陽を反射して、レフ版みたいに彼の端麗《たんれい》な美貌《びぼう》と逞しい身体を照らしている。このままグラビアにしたいような光景に、オレは思わず呆《ぼう》然《ぜん》と見とれ……。

彼がふと手を伸《の》ばし、オレの顎《あご》を持ち上げる。

「……え？」

訳が解《わか》らないうちに、彼が身をかがめ、その顔が一気に近づき……。

「……ん……？」

オレは呆然と目を見開く。オレの視界は遮《さえぎ》られ、唇《くちびる》に柔《やわ》らかいものが触《ふ》れている。

……これって、キス……？

認識《にんしき》したら、いきなり心臓が爆発《ばくはつ》しそうなほど鼓動《こどう》が速くなる。

……嘘《うそ》、だろ？　オレ、この男にキスされてる？

ユリアスの唇はクールな見た目とは裏腹にあたたかく、そして優《やさ》しい感触《かんしょく》だった。触れている部分から甘い痺《しび》れのようなものが全身に広がって、何も考えられなくなりそうだ。

……ああ、男にキスされてるのに……。

オレは、どうしていいのか解らずにギュッと目を閉じる。

……なんで嫌《いや》じゃないんだろう……？

思った時、彼の唇がチュッと音を立てて離《はな》れた。

「……あ……」

オレの唇から、なぜか名残惜《なごりお》しげなため息が漏《も》れた。身を起こした彼が、どこかが痛むかのような苦しげな顔でオレを見下ろしてくる。

「イケナイ子だな。そんな色っぽい顔をするなんて」

彼はため息のような声で囁《ささや》いて……。

「……ん……」

彼の唇が、再びオレの唇に重なってくる。今度はさっきの紳士的なキスとはまったく違う、奪《うば》うようなキス。

「……ん……っ！」

彼の唇はオレの唇を貪《むさぼ》り、チュッ、チュクッ、という淫《みだ》らな水音が静かな浜辺に響く。

「……ん……っ！」

オレは必死で手を上げ、キスをやめてもらおうとして彼の肩《かた》を両手で摑《つか》む。だけど手のひらに触れた肌《はだ》のひんやりとした滑らかさと、鍛《きた》え上げられた男らしい筋肉の感触に……なぜか鼓動が速くなる。

……たしかに彼は美形だし、オレがめちゃくちゃ憧《あこが》れているような逞しい男。だけど、だからってドキドキすることは……。

混乱して力の抜けてしまったオレの上下の歯列の間から、彼の舌が滑《すべ》り込んでくる。

「……んう……っ」

彼の舌がオレの舌を舐《な》め上げ、そのまままるで愛撫《あいぶ》でもするかのように舌を弄《もてあそ》ばれる。

「……あ、ああ……っ」

舌先を吸い上げられ、さらにくすぐるように上顎《じょうがく》を舐め上げられる。淫らで、でもすごく熱いキスに、身体《からだ》から力が抜けてしまう。唇の端《はし》から飲みきれなかった唾液《だえき》が溢《あふ》れ、肌を伝う。

そのくすぐったい感触だけで身体が熱くなりそうで……。

……ああ、なんでオレ……。

全身が甘い痺れに満たされ、脚《あし》の間に熱が凝縮《ぎょうしゅく》しそう。彼の肩を掴んだオレの指に力が入り、彼の肌にキュウッと爪《つめ》を立てる。

……男とのキスで、勃《た》ちそうになってるんだ……？

「……ん、くう……っ」

……どうしよう、このままじゃ、勃つだけじゃなくて、イッちゃいそうだ……。

オレは必死で顔を逸《そ》らし、顎を支えた彼の手から逃《のが》れる。彼の肩を押し返して、

「いつまでやってるんだよっ！　もうわかったってば！」

叫《さけ》びながらも慌《あわ》ててタオルを引き寄せ、腰《こし》のあたりを隠《かく》す。両脚《りょうあし》の間はかなり熱くなっていて、見られたらとても危険な状態だろう。

「私は紳士なので、好きな相手と二人きりになってもまずはキスからだ」

彼がオレを見下ろしてやけに真剣《しんけん》な顔で言う。

「わかってくれたか？」

「わ、わかったってば！」

オレが叫んだ時、デッキチェアの足元に置いてあったユリアスの荷物の中から、携帯《けいたい》電話が振動《しんどう》する音が聞こえた。

「こんな海の真ん中で、なんで？」

驚いているオレの前で、彼は少しごつめの携帯電話を取り出す。

「衛星携帯だ。地球上のどこにいても電話ができないと困るからな」

彼は言いながら液晶《えきしよう》画面を見て、

「おまえの父上からだ。出るか？」

「出る！　もしかして犯人が捕《つか》まったのかも……！」

オレは彼の手から携帯電話を受け取り、フリップを開いて通話ボタンを押す。

「もしもし、父さん？」

『おお、悠一！　元気か？』

ほんの数日前に別れたばかりなのに、父さんの声を聞くのがすごく久しぶりな気がする。

「元気だよ！　犯人、捕まったの？」

『いや、まだ捕まっていない。その報告をと思って電話したんだが……』

「嘘！　じゃあまだ日本に帰っちゃダメなの？」

『ああ……まだ無理だな』

父さんの言葉に、オレは呆然とする。

「ちょっと待って！　オレ、もう日本に帰るよ！」

『待ちなさい、それではお前の身に危険が……』

「だから考えすぎだってば！　それにオレ、明後日《あさって》は百合川《ゆりかわ》女子大との合コンの約束があるんだ！　明日の飛行機で、どうしても帰るからな！」

オレは叫ぶけれど……。

「失礼」

後ろから低い声がして、オレの手からいきなり携帯電話が取り上げられる。

「ユリアスです。……いいえ、彼は楽しくやってくれているようですよ。親御《おやご》さんと離れているのが寂《さび》しいのでしょう」

ユリアスの言葉に、オレは愕然《がくぜん》とする。

……な、なんだこいつ、勝手に！

電話の向こうで、父さんがやけに嬉《うれ》しそうに何かを言っているのが聞こえる。ユリアスはオレに対する時とは完全に別人みたいな礼儀《れいぎ》正しい口調で、

「ええ、お任せください。またご連絡《れんらく》します。それでは失礼します」

言って勝手に通話を切ってしまう。

「な、なんなんだよっ！」

オレは彼を見上げて本気で叫ぶ。

「それじゃあ、まるで、オレが寂しがり屋のお子様みたいじゃないかっ！」

「違《ちが》うのか？」

チラリと見下ろされて、オレは思わず気圧される。

「ち、違う！　オレにはオレの生活がある、それだけ！」

オレは言い、それからぎっしり詰《つ》まっていた休み中のスケジュールを思い出す。

「ああ～、本当ならそろそろ犯人が捕まって女の子達と楽しく合コンするはずだったのに。もしかしたらいつかは結婚《けっこん》する運命の女の子に出会えたかもしれないのに」

オレはデッキチェアに座り込みながら、本気でため息をつく。それからユリアスの冷たい視線に気づいて、慌てて言う。

「べ、別に遊びたいんじゃなくて、真面目《まじめ》に結婚相手を探してるだけだぞっ！」

「結婚相手を……自分で探す？」

ユリアスは無表情な顔のまま、だけどなんだか少し呆然とした声で言う。

「そんなことは考えたこともなかった」

オレは身を起こし、彼の彫刻《ちょうこく》みたいに端麗《たんれい》な顔をまじまじと見る。

「あなたなんか、見るからにモテそうだけど……っていうかパーティーでも頬《ほお》を染めた女性達にずっと取り囲まれてるから本気でモテるんだろ？　あ、もしかして……」

オレはちょっとムッとしながら、

「探すまでもなくあっちが放っておかないから選び放題、って言いたいのかよ？」

「そうではない。私の国では、親が決めた相手と結婚するのが常識だ。ましてや王族である私が自分で相手を選ぶことなどとても許されない。考えたこともなかった」

彼の言葉に、オレは本気で驚《おどろ》いてしまう。

「えっ、じゃあもしかして、一族から薦《すす》められた相手と結婚するつもりなのかよ？」

「それ以外の選択肢《せんたくし》はないと思っていた、だから特に深く考えたことはない」

あっさりと言われて、オレは呆然《ぼうぜん》とする。

「恋愛《れんあい》とか、結婚とかって、人生の一番大事なイベントじゃん。それをそんな……」

オレは言いかけ、だけどなんだか寂しい気持ちになって言葉を切る。

……彼は見《み》かけがいいだけじゃなくて富と権力を持った本物の王子様。だけどそれに見合う重い義務を背負って生きているんだろう。

そう思ったら、憎《にく》らしいとばかり思っていた彼のことが、なんだかちょっと……。

……いや、別に好きにはならないけど……。

オレは、無表情に見返してくる彼の彫刻みたいな顔を見ながら言う。

……なんだか、あんまり思い切り嫌《きら》うことができなくなりそうな……。

「それに……」

彼は遠くを見つめながら、呟《つぶや》くような低い声で言う。

「どうせ、一番好きな相手とは結婚することはできないんだ」

彼の言葉に、オレは驚いてしまう。

……もしかして、この男は片思いをしてるのか？

ユリアス・ディ・ロマーノ

『どうせ、一番好きな相手とは結婚することはできないんだ』

自分が言ってしまった言葉を思い出し、思わず自嘲《じちょう》のため息をつく。

悠一と再会し、同じコテージで過ごすようになってから、私は日に日に彼に夢中になっていく。煌《きらめ》くような彼の麗《うるわ》しさ、伸《の》びやかな肢体《したい》、そしてこの島を取り囲む海のように透《す》みきったその心。彼は美しいだけでなく真っ直《す》ぐで、素直《すなお》で、照れ屋で……。

私の胸が、またジワリと熱くなる。

……彼が欲しい……。

だが、彼は私に反抗《はんこう》し、ことあるごとに日本に帰りたがる。ロマーノ公国では同性同士の結婚は認められているが……彼が私を愛してくれることなど、きっとありえないに違いない。

……つらい……。

私はデッキチェアで眠《ねむ》り込んでしまった悠一の寝顔《ねがお》を見つめながら思う。

……恋《こい》とは、こんなにつらいものだったのか。

小石川悠一

「あのさ。ちょっといいかな？」

海に行った次の日、オレはユリアスに『ちょっとしたディナーパーティー』に連れ出してもらった。パーティーが開かれていたのはこの間と同じグラントという男の別荘《べっそう》だ。

今回のオレは、日本から持ってきた一張羅《いっちょうら》の麻《あさ》のスラックスと白のシャツでキメている。英語の発音もユリアスの特訓のおかげでちょっとだけ自信が出てきた。

オレはユリアスがゲストと話している間にそっとそばを離《はな》れ、グラントとエドワードが一緒《いっしょ》にいるところをつかまえた。彼らを庭に引っ張り出し、ユリアスに関する情報を引き出そうとしている。

「ユリアスに内緒《ないしょ》で、ちょっと聞きたいことがあるんだ」

「内緒の話かな？　もちろん喜んで」

「ちょっとドキドキするぞ」

二人は楽しそうに言い、オレはちょっと良心の呵責《かしやく》を感じながら、

「ユリアスのプライベートなことだから、もしかして都合が悪かったら答えなくていいよ」

オレが言うと、二人はワクワクしたような顔でうなずく。

「なんだなんだ？　面白《おもしろ》そうだな」

グラントが言い、エドワードがうなずく。

「ユリアスにそんなに興味があるなんて、ちょっと悔《くや》しいけどね」

「いや、興味っていうか、ただの好奇心《こうきしん》なんだけど……」

オレは言うのを迷い、だけどどうしても気になって聞いてしまう。

「ええと……ユリアスが片思いをしてる相手に、心当たりはある？」

オレの言葉に、二人は顔を見合わせる。グラントが、

「片思いの相手なら……それは、君じゃないのかな？」

エドワードがうなずいて、

「ああ、私もそう思う。あの男は君に片思いをしてるんだろう」

その言葉に、オレはちょっとドキリとする。だけど……。

「オレのわけないよ。彼はオレに愚痴《ぐち》をこぼしていたんだ。『どうせ一番好きな相手とは結婚はできないから』って」

「結婚できない？」

二人は声を合わせて言い、それから少し考える。

「ああ……わかったぞ！」

グラントが手を打ち、にっこり笑いながら言う。エドワードを振《ふ》り返って、

「おまえは？」

エドワードは可笑《おか》しそうに笑って、

「ああ。私もわかった。答えはきっと同じだろうな」

「それって誰《だれ》なの？」

オレが思わず身を乗り出して聞くと、二人は少し驚いた顔をし、それから揃《そろ》って苦笑《くしょう》する。

「何？　そんなに気になる？」

グラントが言い、エドワードがため息をついて、

「やはり少し悔しいな。……まあ、君が気にすることはないと思うよ。あの男の『彼女』に対する片思いはずっと昔からだからね」

……彼女……ずっと昔から……。

オレはその言葉を呆然と聞き、なぜかズキリと胸が痛むのを感じる。

「それって……誰なんですか？」

「誰って……」

二人は顔を見合わせる。グラントが、

「クイズの答えは『レディ・ビアンカ』だよ」

その言葉に、エドワードが大きくうなずいている。

「そうだろうな。たしかに彼女とは結婚《けっこん》はできないからね」

……『レディ・ビアンカ』……？

なぜか、オレの心がまた締《し》め付けられるように痛む。

……それは誰なんだろう？　もしかして年上の人妻とか？

『『レディ・ビアンカ』について詳《くわ》しく知りたい？　教えてあげてもいいけれど』

エドワードが言い、オレはかぶりを振る。

「いや、別にいい。ちょっと疑問に思っただけだから」

……聞いてしまいたいけれど、それはとてもいけないことのような気がする。

「それならいいけれど。わからないことがあったらいつでも聞いてくれ」

「ともかく、今の彼は君に夢中だろう？　君が気にすることではないと思うよ」

二人は言うけれど……やっぱりオレは気になってしまう。

オレは二人に御礼《おれい》を言って、踵《きびす》を返す。少し離れたところにいたユリアスが、バーテンダーのトレイから飲み物を二つ取り、オレの方に近づいてくるのが見える。

……彼は苦しい恋をしてるんだろうか？

彼はいつもと同じく優雅《ゆうが》な無表情。だけどなぜか、オレの胸がまたズキリと痛む。

……彼が、あんなふうにイジワルになってしまったのはそのせい？

……もしかして、あんなこと聞くんじゃなかったかなあ？

なんだか眠れなくて、オレは海を見渡《みわた》せるプールサイドのデッキチェアにいた。足を伸ばせる布製のそれに座っていると、すごく優雅な気分になる。昼間の暑さがまだどこかに沈《しず》んでいるかのような蒸《む》し暑い夜で、さらにパーティーで出たエスニック料理の塩辛《しおから》さのせいか、なんだかやけに喉《のど》が渇《かわ》く。

◆

ここで冷たいミネラルウォーターでも出てくれれば最高って感じなんだけど……使用人たちが寝《ね》てしまったこの時間では、望むべくもない。ベッドルームのバーカウンターの冷蔵庫にはミネラルウォーターやジュースが入ってたはずだけど……それを取りに戻《もど》ってあの男を起こすのも気の毒だし……。

「飲むか？」

後ろからいきなり聞こえた低い声に、オレは思わずその場で硬直《こうちょく》する。すぐそばにあるテラステーブルに、ミネラルウォーターの瓶《びん》が置かれる。水滴《すいてき》を浮《う》かべたそれに思わず喉が鳴る。

「気が利《き》くじゃん」

オレが言うと、彼は隣《となり》のデッキチェアに腰掛《こしか》けながら小さく笑う。

「パーティーのトムヤムクンのせいか、喉が渇く」

言って、長い指でビールのプルトップを開ける。

「そうそう。オレもめちゃくちゃ喉が渇いてたんだ。トムヤムクン、すごく美味《おい》しかったんだけどね」

オレは言いながら瓶のキャップを開け、ミネラルウォーターを飲む。待ちわびた冷たい液体が渇いた喉を潤《うるお》していく。どうやら微《び》炭酸のだったみたいで、ごく軽い口当たりと爽《さわ》やかな泡《あわ》の感じがすごく美味しい。

「ぷはあ、すごく美味しい。これ、どこのミネラルウォーター？」

オレは見慣れない瓶を眺《なが》めながら言う。シャンパンゴールドのラベルに、向かい合う獅子《しし》。二頭の間にはロマーノ公国の国旗。お洒落《しゃれ》な書体で書かれているのは……。

「プリンス・オブ・ロマーノ？」

「私の国のミネラルウォーターだ。自然が多く、水が綺麗《きれい》なのが自慢《じまん》でね」

彼は言いながら、喉を反《そ》らしてミネラルウォーターを飲む。その横顔が哀愁《あいしゅう》を帯びているように見えて……オレはドキリとする。

……確かに、ただの冷血のイジワル野郎《やろう》だと思っていたこの男が、片思いをしていたことには驚《おどろ》いた。そして相手がどんな女性だかも、余計なお世話と思いつつやっぱり気になる。だけど……。

オレはなぜだか頬《ほお》が熱くなるのを感じながら思う。

……別に、ドキドキする必要は全然ないはずなんだけど。

「今日のパーティーでは、かなり話せていたな」

ユリアスの言葉に、オレはドキリとする。

「へえ……ずっとＶＩＰ達と言葉を交《か》わしてるように見えたのに、ちゃんとオレのことも気にしてくれてたんだ？」

オレが言うと彼はチラリと眉《まゆ》を上げて、

「後で文句を言われてはかなわない。それにおまえのご両親にもたっぷりしごいてくれと頼《たの》まれている」

……ああ、父さんと母さん、なんでそんなことを。

「せっかく起きたのだから、もう一つレッスンをしないか？」

「何？　今から経済学の講義とかされたら、一瞬《いっしゅん》で寝るよ？」

「今夜の授業は眠《ねむ》れないだろう。……おいで」

彼はデッキチェアから立ち上がり、その美しい手をオレに差し出してくる。

「へ？」

不思議に思って見上げるオレに、

「ワルツの名手なんだろう？　さらにブラッシュアップしてやる。立ちなさい」

彼の言葉に、オレは思わず青くなる。

……ヤバイ。大人だって所を見せようとして、見栄《みえ》を張ってしまった。本当は……。

「もしかして……本当は、子供の頃《ころ》に踊《おど》ったきりか？」

いきなり図星を指されてオレは今度は真っ赤になる。

「そ、それは……っ」

「どうなんだ？」

畳《たた》み込まれるように聞かれて、オレはもう嘘《うそ》がつけなくなる。ため息をついて、

「あなたの言うとおり。ワルツの名手って言うのは嘘。踊ったのは高校生の頃、誕生日パーティーで、母親と。あんまりひどくて失笑されて以来、ワルツからは逃《に》げまくってる」

オレは彼を見上げて、

「だからワルツは無理。いいよ、一生逃げ続ければ……」

彼が身をかがめ、オレの手をいきなり摑《つか》む。そのまま強く引かれてオレはよろけ……気づいたら、オレは彼の胸に抱《だ》き締められていた。

「『逃げ続ける』という言葉が、私は大嫌《だいきら》いなんだ」

頭上から聞こえるのは、彼の珍《めずら》しく怒《おこ》った声。

「今夜はワルツの特訓だ。思い出すまで寝かせないからそのつもりで」

……うわあ、信じられない……！

ユリアス・ディ・ロマーノ

「力を抜《ぬ》いて。もっとリラックス」

私は言って、悠一の手をぐっと強く引き寄せる。

「そんな格好では、とてもステップは踏《ふ》めないぞ?」

なかなか寝付けずに目を開けた私は、隣に悠一がいないこと、そして彼がバルコニーにいることに気づいた。私は海を見ている彼にミネラルウォーターを届け、そして成り行きからワルツの特訓をすることにした。

私達は夜風の吹《ふ》くバルコニーで、向かい合い、ワルツのポジションを取っている。

「恥《は》ずかしがらないで。それではワルツにならないだろう」

しかし悠一は、照れたように目を潤《うる》ませて私を見上げてくる。いつも強気な彼とは別人のようなやけに可愛《かわい》らしいその顔に、ドキリとする。

「そ、そんなこと言われても……」

彼のしなやかな身体《からだ》が自分の腕《うで》の中にある感触《かんしょく》に、私は陶然《とうぜん》とする。

ベッドから出てきたままで、私も彼もシルクのパジャマを着ているだけ。滑《なめ》らかなシルクが擦《こす》れるのは、やけに隠微《いんび》な感触だ。

少し上気した彼の首筋から、ふわりと彼の香《かお》りが立ち上る。若者らしい爽やかなレモン、そこにとても色っぽい蜂蜜《はちみつ》のような甘さ。シャワールームにあるボディーシャンプーの残り香《が》とは違《ちが》う。彼と出会った時から、ずっと感じていた。これは……きっと彼の香り。感じるだけで脳がかすんでしまいそうな芳香《ほうこう》だ。

……いけない。本気で抱き締《し》めてしまいそうだ。

「いいか？　もう一度。1、2、3……」

私は言い、彼の身体を引き寄せる。そしてまたワルツのステップのレッスンを始めるが……悠一がまた腰《こし》を引き、そのせいでリズムが狂《くる》ってしまう。

「あ、ごめんっ」

悠一の裸足《はだし》の足が、私の足を柔《やわ》らかく踏みつける。

「どうしてリズムが合わないんだろう？」

悠一は慌《あわ》てて足を私の足の上からどかし、絶望的な声で言う。

「オレ、スポーツは何でも得意なのに。きっとダンスの才能だけは皆無《かいむ》なんだ」

「違う。おまえの腰が引けているからだ」

私は言って、彼の腰をしっかりと抱き寄せる。

「……あっ……」

二人の身体がぴったりと密着し、悠一が小さく息を呑《の》む。その頬は、とても恥ずかしそうに染まってしまっている。

「照れていてどうする？　ダンスのパートナーは恋人《こいびと》と同じだ」

私は、彼の美しい顔を見下ろしながら言う。

「私を恋人だと思えばいい。そうすれば緊張《きんちょう》しなくていいだろう？」

悠一は驚いたような顔で私を見上げてくる。

「恋人？」

私は彼の漆黒《しっこく》の瞳《ひとみ》を見下ろし、そして心を込めて告白する。

「愛している、ユウイチ」

彼の目が、驚いたように大きく見開かれる。

「私と、踊ってくれないか？」

彼の目が、今にも泣きそうに潤む。私はたまらなくなって彼の身体を引き寄せ、身を屈《かが》めて彼の耳たぶにそっとキスをする。

「……ああ……っ」

悠一の唇《くちびる》から漏《も》れたのは……やけに甘いため息だった。

「……えっ？」

彼は自分で驚いたように身を震《ふる》わせ、それから私の身体を慌てて押しのける。

「ごめん、ワルツの特訓はまた今度！　ちょっと汗《あせ》かいたから、シャワー浴びてくる！」

言って踵《きびす》を返し、そのまま部屋の中に逃げていく。

私はあることに気づいて、呆然《ぼうぜん》と立ちすくむ。

私の告白と、耳たぶへのキス。それだけで……。

身体で感じたその硬《かた》い感触を、私は呆然と思い起こす。

……彼は、しっかりと欲望《よくぼう》を勃起《ぼっき》させていた……。

私の中で、獰猛《どうもう》な獣《けもの》がもぞりと身を起こす。

……いや、彼はまだとても若い。人との接触《せっしょく》自体に慣れていないだけかも……。

思おうとするが、私の中の獣は目を覚ましてしまった。

……ああ、彼を愛撫《あいぶ》し、イカせてしまいたい……。

小石川悠一

彼が片思いをしていると知って以来、オレは、なぜだかユリアスのことが気になって仕方がなくなってしまった。

……どうしたんだろう、オレ？　つらい片思いをしてる彼に、ただ同情してるだけのはずだったのに……。

オレは呆然と考え、隣《となり》に目をやる。そこにはきちんとパジャマを着たユリアスが、静かな寝《ね》息《いき》を立てていた。窓の外に広がるのは、夜明けの海。開け放された窓の外からは虫の声と波の音が聞こえてくる。

……彼が隣にいると思うだけで、ドキドキして眠《ねむ》れない……。

オレの脳裏《のうり》に、さっきのことがよぎる。

……ああ、オレ、どうしてあんなこと……。

ユリアスと身体を密着させていただけで、オレの屹立《きつりつ》は半分勃起しかかっていた。それを隠《かく》すために腰を引いていたのに、彼はオレの身体を容赦《ようしゃ》なく抱き締め、さらに耳元で「愛している」なんて囁《ささや》いて……。

「……う……」

オレの屹立が、またキュッと硬くなってきてしまう。

……バカ、さっき出したばっかりなのに……。

彼の腕から逃《に》げた後、オレはシャワールームに飛び込んだ。そして水のシャワーを浴びてなんとか熱を冷まそうとしたんだけど、どうしても治まらなくて……。

……オレ、あの男のことを考えながら、イッちゃった……。

思い出したら、なんだか泣きそうになる。

オレはどうしようもなくなってシャワーの中で自分を愛撫《あいぶ》した。好きなアイドルの水着写真とかを必死で思い出したのに、なぜかどうしてもイケず……だけどあの男の身体の感触を思い出しただけで、腰が抜けそうなほど感じながらイッちゃったんだ。

「……あ……」

あることに気づいて、オレは真っ赤になる。オレの屹立はいつの間にか硬く反り返り、先から先走りの蜜《みつ》を溢《あふ》れさせていて……。

……オレ、もしかして欲求不満《よっきゅうふまん》なんだろうか？　早く恋人を探さなきゃダメかも！

オレは硬くなった屹立を両手で押さえ、必死で、静まれ、と呟《つぶや》く。

……ああ、こういうときは何を唱えればいいんだっけ？　円周率？

「ええと、3．1415……」

「どうかしたのか？」

オレは、隣から聞こえてきた声にギクリと固まる。

「いや……別に何でも……」

言うけれど、股間《こかん》を押さえて円周率を唱えるオレは、どう見ても怪《あや》しすぎる。

「ああ……」

彼はオレの事情を察したかのように言い、ため息混じりの声で言う。

「定期的にマスターベーションはした方がいい。夢精をしたら下着を洗うのが大変だろう？」

お伽噺《とぎばなし》の王子様みたいな高貴な彼の唇から出た、やけにリアルな言葉。だけど口調はいつもと変わらない無感情。オレは思わず振《ふ》り返って、

「そんなのできるわけないだろ？　あなたが同じベッドにいるんだから……っ！」

「ああ……それを気にしていたのか」

彼は言い、オレの身体をいきなり引き寄せる。

「まったく、世話の焼けるお子様だ」

逞《たくま》しい腕《うで》に抱き締《だ》め《し》られ、頬《ほお》が厚い胸に押し付けられる。彼の身体《からだ》はあたたかくて、ものすごくいい香《かお》りがして、男のオレでもちょっとドキドキしてしまって……。

……いや、ドキドキしてる場合じゃないだろう、オレ！

頭では思うんだけど……彼が発する圧倒的《あっとうてき》なフェロモンにやられてしまったのか、なぜか頭がかすんで、力が抜《ぬ》けて、身動き一つできない。

「いい子だな。そのままおとなしくしていなさい」

耳元で囁かれるのは、いつものイジワル声とはまるで別人みたいなセクシーな声。

……この男、女性にはこんな甘い声を出して悩殺《のうさつ》してるんだろうか？　やっぱりこいつ、すごく悪い男に違《ちが》いなくて……。

「……あっ！」

腰《こし》を引き寄せていた彼の手が、パジャマのズボンと下着のウエストを掴《つか》み、そのまま腿《もも》まで引き下ろす。驚《おどろ》いている間に、彼の右手が前に回って……。

「……ああっ！」

彼のあたたかな手が、オレの屹立をしっかりと握《にぎ》り込む。滑《なめ》らかな手のひらの感触《かんしょく》に、身体が震える。

「……あぁ……っ」

生まれて初めて屹立を他人に触《さわ》られる感触は、あまりにも衝撃的《しょうげきてき》で……オレはそこから広がる激しい快感に思わず声を上げる。

「……んん……待って、オレ……」

「とても硬い」

彼が言いながら、オレの屹立を握り締めてキュッと扱《しご》き上げる。クチュ、と響《ひび》いた音に自分がたっぷりと先走りの蜜を垂らしていたことに気づく。

「きちんとしておかないと、夢精してしまう」

彼は言いながら左手でオレの腰をさらにきつく抱き締める。屹立を握り締めた右手が、オレの屹立を容赦なく扱き上げる。

「……あ……ああっ！」

さらにトクンと溢れてしまった先走りが、彼の手のひらと屹立の間で、クチュンクチュン、と淫《みだ》らな音を立てる。

「……んん、んんっ！」

彼の親指が、張り詰《つ》めた先端《せんたん》をきつく擦《こす》り上げる。そこがとても弱いオレは、腰を跳《は》ね上げて思わず喘《あえ》いでしまう。

「……んん、んんーっ！」

オレが感じたのをたしかめたのか、彼の親指が容赦なくオレを擦り上げる。ヌルヌルとした感触、先端のスリットにキュッと指を押し当てられて、全身に激しい電流が走る。

「……ダメ、出る……っ！」

「……出していい。すべて手のひらで受け止めてやる」

彼がオレの耳たぶにキスをして、やけにセクシーな声で囁く。

「……できないよ、そんなこと……っ」

……ああ、イジワルで憎《にく》らしかったはずなのに、彼の手のひらで、めちゃくちゃに感じてしまってる……。

「それなら私を恋人《こいびと》だと思えばいい。ワルツと同じだ」

耳に吹《ふ》き込まれるのは、甘い甘い囁き。

「愛している、ユウイチ」

「……あぁっ！」

オレの目の前が激しい快感で白くなる。そしてもう何も解《わか》らなくなって……。

「んんーっ！」

オレの背中が快感に反り返る。屹立の先端から、ドクドクッ！と激しく白濁《はくだく》が迸《ほとばし》った。

「……くう……っ」

オレは全身を震《ふる》わせ、荒《あら》い呼吸を整えようとして必死で酸素を吸い込む。

「……う、ううん……っ」

止めを刺《さ》すようにさらにキュッと扱き上げられて、オレの先端からドクンと蜜の残りが溢れてしまう。

「……や、ああ……っ！」

「我慢《がまん》できずに私のパジャマを汚《よご》すなんて。やはりまだまだ子供のようだな」

からかうように言われて、オレは慌《あわ》てて目を開ける。たっぷりと放ったオレの蜜は、彼のとても高価そうなパジャマを白く汚してしまっていて……。

「ご、ごめんなさい。だけど手のひらで受けてくれるって……」

「口答えは許さないよ。……お仕置きをしなくては。どんなことをして償《つぐな》ってもらおう？」

彼の美貌《びぼう》がオレを見下ろしてくる。オレは二人きりの島でされたキスを思い出し、またキスされるんだろうか、と思う。

……ああ、どうしよう。キス、されたいかも……。

オレは思いながら目を閉じる。

……オレ、本当にどうしたんだ？　なんでこんなイジワル男にキスされたいなんて……。

だけどいつまで待っても彼の唇《くちびる》は触《ふ》れてきてくれず、オレは焦《じ》れて目を開き……。

「……あっ」

オレは小さく声を上げて、パチリと目を開ける。

「……え……っ？」

目の前に広がるのは、夜明けの空。慌てて振り返ると、ユリアスはこちらに顔を向け、静かな寝息《ねいき》を立てている。

……夢……？

オレはまだ呆然《ぼうぜん》としたまま前髪《まえがみ》をかき上げ、震えるため息をつきながら思い出す。

昨夜遅《おそ》く、オレは彼からダンスのレッスンを受けた。そして彼の逞しい腕とシルクのパジャマが擦《こす》れる淫らな感触、さらに彼の「愛している」という囁《ささや》きに身体が反応してしまった。オレは彼の腕から逃《のが》れて水のシャワーの中でマスターベーションをして……。

……その先は？

オレはまだ寝《ね》ぼけた頭で、やっと思い出す。

ベッドに戻《もど》ったら、彼はもう眠《ねむ》っていた。オレは彼を起こさないようにそうっとベッドに入り、そのまま眠った。そしてあんなエッチな夢を見てしまって……。

……えっ？

オレは、自分の身体の反応に気づいて真っ赤になる。鼓動《こどう》は速く、肌は熱く、そして屹立《きつりつ》はまだ熱さを残していて……。

……嘘《うそ》だろっ！

オレは慌てて起き上がり、パジャマのズボンのゴムの部分をそっと引っ張って中を覗《のぞ》き……

下着がいつの間にか白濁でたっぷりと濡《ぬ》れているのを見て泣きそうになる。

……この男に愛撫《あいぶ》される夢を見て、夢精しちゃった……！

オレは泣きそうになりながら、ベッドを滑《すべ》り下りる。すごい量を出してしまったみたいで、下着がヌルヌル。その感触がものすごく情けない。

……ああ、もう、恥《は》ずかしくて死にそうだ……！

◆

……ここに、レディ・ビアンカの肖像画《しょうぞうが》があるんだ……。

オレはユリアスの書斎棟《しょさいとう》のドアの前に立っている。時間は午後の十一時。ユリアスはここでまだ仕事をしているはず。オレはワヤンに頼《たの》んでカートを出してもらい、ついでにコーヒーを淹《い》れてもらった。そしてそれを運ぶ名目でここにやってきた。

……ユリアスは彫刻《ちょうこく》みたいなハンサムで、大公家の血を引く本物の王子様。いつかは一国の君主になるはずの人。その彼に振《ふ》り向かないなんて……レディ・ビアンカっていったいどんな人なんだろう？

たとえば相手が人妻だとしても、遠くから見ただけでそんなに激しい片思いに墜ちるとは思えない。きっと彼女とユリアスの間には、切なくて熱いロマンスが……？

思っただけで、心が締め付けられるように痛む。

……ああ、こんな気持ちになるなんて……。

「レディ・ビアンカの正体が、まだわかってないのかな？」

今日の午後、オレとユリアスはエドワードの別荘《べっそう》でのお茶会に参加した。その時にさりげなく近づいてきたエドワードが、オレにそっと話しかけて来た。

「わからないよ。ユリアスに聞くわけにもいかないし……」

オレが言うと、エドワードは気の毒そうにため息をついた。

「ヒントだけ与《あた》えてあんまり焦《じ》らすのも可哀想《かわいそう》かな？　それなら、ユリアスの書斎棟に行って、そこのエントランスロビーに飾《かざ》ってある絵を見るといい」

囁かれた言葉に、オレは少し驚《おどろ》いてしまった。

「それを見ればレディ・ビアンカの正体がわかる。それに、ユリアスがレディ・ビアンカをどんなに大切に思っているかもね」

エドワードが言っていた言葉を思い出しながら、オレは書斎棟のエントランスのドアをそっとノックする。

「ユリアス」

広そうなコテージだから聞こえないだろうか、と思うけれど……。

「ユウイチ？」

少し離《はな》れた場所にある窓が開いていて、そこからユリアスの声が聞こえた。キーボードを打つ音が聞こえているところからして、そこがきっと彼の書斎《しょさい》なんだろう。

「コーヒーを持ってきたんだけど……」

「ありがとう。開いているから入ってくれ」

ユリアスの声がして、オレは鼓動が速くなるのを感じる。

……このドアを開けたら、エントランスホールにレディ・ビアンカの肖像画が？

オレは思い、見ないほうがいいんじゃないか、と思う。

……ユリアスがどんな人を思っていようが、オレには全然関係ないじゃないか。思うのに……どうしても気になって仕方なくなる。オレの手は動き、勝手にドアノブを回してしまう。カチャ、という軽い音と共に、ドアが開く。オレはなぜかものすごく緊張《きんちょう》してしまいながらエントランスホールに入り……。

「……あ……」

ホールの正面に、その肖像画はあった。

……なんて綺麗《きれい》な人なんだろう……？

描《えが》かれていたのは、ほっそりとしたとても美しい女性。金髪《きんぱつ》と透《す》き通る青い目をしている。彼女のバックに描かれているのは、この島の風景だ。

……この人がレディ・ビアンカ。ユリアスはこの人に片思いをしてる……。

ものすごく上品で美しいその人の姿を見て、オレは心がとても痛むのを感じる。

……オレ、本当に、どうしちゃったんだろう？

「ユウイチ、どうした？」

声がして、エントランスホールにユリアスが姿を現す。

「こんなところでボーッとして」

オレはなぜか彼の顔をまともに見られなくなりながら、

「ごめん、ちょっと用事を思い出しちゃった」

言いながら彼に駆《か》け寄り、その手にカップの載ったトレイを押し付ける。

「すぐ行かなきゃ。仕事、頑張《がんば》って」

言って踵《きびす》を返し、そのまま書斎棟を飛び出したんだ。

◆

……やっぱり、レディ・ビアンカの肖像画なんか見なきゃよかった。

部屋に戻ったオレは、沈《しず》んだ気持ちをなんとかしようと、日本にいる悪友に国際電話をかけた。少しは気がまぎれるかと思ったのに……なぜかもっとつらくなるばかりだ。

『なあ、聞いてるのかよ？　今回はしょうがないけど、来週の合コンには必ず……』

受話口から聞こえてくる悪友の声が、オレの耳を素通《すどお》りする。

「ごめん、小西《こにし》。オレちょっとそれどころじゃないんだ」

オレは悪友の小西のしゃべりがひと段落したところで言う。

「ちょっと悩《なや》んでることがあるんだ」

『何？　どうしたんだよ？　またストーカーのことか？』

小西が驚いたように声を上げる。オレはストーカーのことなんかすっかり忘れていたことを思い出す。

「ああ……いや、それは全然関係なくて……」

オレは言い、それからため息をつく。

「しいて言えば、恋《こい》の悩みかな？　だから合コンはパスするよ」

『なにいっ！　いったい誰《だれ》と……』

オレは言って、何かを叫《さけ》んでいる小西の言葉を無視して通話を切る。

……合コン、あんなに楽しみにしてたのに。

ユリアスのことを思い出すだけで、なぜか胸が痛む。

そして昨夜見た夢を思い出すだけで、身体《からだ》がジワリと熱くなる。

……オレ、いつの間にかユリアスのことを好きになってしまった？　そして、レディ・ビアンカに嫉妬《しっと》してる？

思ったら、なんだかめちゃくちゃつらくなる。なんだか、何の悩みもなかった日本での暮らしが、すごく遠いものに思えてくる。

ふいに、パーティーで会ったアレッサンドロ氏の顔が浮《う》かぶ。

……なんでも相談してくれって言ってたけど……。

オレはため息をついて思う。

……こんなくだらないこと、相談するわけには行かないし……。

ブルル、ブルル。

サイドテーブルに置いてあったオレの携帯《けいたい》電話がいきなり振動《しんどう》する。オレは悪友からだな、と思いながら相手の番号を確認《かくにん》もせずにフリップを開けて通話ボタンを押す。

「小西、オレ、ちょっと悩んでるんだって言っただろ？」

『ユウイチ？』

電話の向こうから聞こえてきた英語に、オレは驚いて硬直《こうちょく》する。それは低い男性の声で、どこかで聞き覚えのある……。

「アレッサンドロさんですか？」

慌《あわ》てて英語で言うと、彼は小さく笑って、

『そうだよ。実は私は日本語も少しはわかるんだが……何かで悩んでいると言った？』

「……あ……すみません」

オレは思わず赤くなってしまいながら言う。彼は少し心配そうな声で、

『大丈夫《だいじょうぶ》かな？　ユリアスと喧嘩《けんか》をしていない？　気難しいところのある子だから、君と衝突《しょうとつ》していないかずっと心配だったんだ』

「すみません。気にかけてくださってありがとうございます」

『何かあったらなんでも言ってくれ。……ああ、よかったら気晴らしに出かけないか？』

「え?」

『ユリアスには内緒《ないしょ》で、二人で出かけよう。私はいくつか島を持っているし、大きなクルーザーもある。気晴らしになるだろう』

お茶目《ちゃめ》な感じで言われて、オレは思わず微笑《ほほえ》んでしまう。

「すみません、ありがとうございます」

『ユリアスのコテージはとてもセキュリティーが厳しいが……砂浜《すなはま》沿いに来れば警備の目もごまかせるかもしれない。今から出てこないか?』

このうっとうしい気分を少しでも忘れられたら、とつい思ってしまうけど……でもそんなことをしたらきっとユリアスが心配するだろう。

「お誘《さそ》い、ありがとうございます。でも今夜はやめておきます。オレ、大丈夫ですから」

『本当に?』

彼は少しがっかりしたように声を落とす。それから、

『何かあったら連絡《れんらく》してくれ。日本からのゲストに寂《さび》しい思いをさせたら、ロマーノ大公家の恥《はじ》だからね。……じゃあ、おやすみ』

「お電話ありがとうございました。おやすみなさい」

オレは電話を切り、それからため息をつく。

……ああ、落ち込んだりしてちゃいけないのに。

ユリアス・ディ・ロマーノ

悠一は朝からなぜか元気がなく、何かを考え込んでいるようだった。

私は彼がホームシックになったのかと心配になり、彼をシュノーケリングに誘った。そして小型のスピードボートを操《あやつ》って沖《おき》に出て、この周辺で一番美しいポイントに彼を案内した。

彼はシュノーケリングは初めてだと言ったが、もともと運動神経が発達しているのか、とても優雅《ゆうが》にシュノーケリングを楽しんでいた。

フィンで水を蹴《け》って垂直に潜《もぐ》り、白い珊瑚《さんご》の近くで美しい熱帯の魚達を観察する。水中の彼は、まるで美しい海の生き物のように美しい。

私は彼に見とれ……それから珍《めずら》しい生き物を見つけてそちらを指で示す。悠一は私の視線を追って振《ふ》り返り、驚《おどろ》いたように私の腕《うで》を掴《つか》んでくる。

マリンブルーの水の中、ゆったりと近づいてくるのは巨大《きょだい》なジンベイザメ。グレイの背中に浮かぶ白い模様が、水面からの陽光で照らし出されている。ジンベイザメはたくさんの小魚を臣下のように従え、ゆっくりと私達の眼前を通り過ぎていく。

もちろんおとなしいサメなので近くに来ても危険はないが……初めて遭遇《そうぐう》した人間はその大きさと迫力《はくりょく》にたいがい圧倒《あっとう》される。

しかし悠一はダイビングマスクの向こうの目をキラキラと煌《きらめ》かせ、とても嬉《うれ》しそうにジンベイザメの姿を見送る。

……なかなか勇気のある子だ。

私は思いながら、上に行こう、というサインを送る。彼はうなずき、私達は水面に向かう。

「……すっごい……！」

シュノーケルを口から離《はな》した悠一が、興奮した声で言う。

「……なんて綺麗《きれい》な動物なんだろう！　オレ、感動して……あっ！」

彼は言いかけ、私の肩越《かたご》しに後ろを見て声を上げる。

「あっちに何かの尻尾《しっぽ》が見えた！　なんだろう？」

私は彼が示す方を振り返り、水中から複数の黒い影《かげ》が上がってくるのを認める。

「もうすぐ来る。目をそらさないで」

私が言うと、悠一は目を輝《かがや》かせてそちらを見つめる。そして……。

「うわ！」

水面から、優雅な生き物が数頭、空中に跳《は》ね上がった。高さは三メートルほどで彼らにしてはほんの軽いジャンプだろうが、迫力は満点だ。

「イルカだ！」

悠一は私の腕を掴み、とても興奮した様子で叫ぶ。

「オレ、イルカショーを見たことあるけど、同じ動きだった。あれって調教されたからするわけじゃないんだ？」

「狩《か》りの動作の一種だとも、遊びだとも言われている。野生のイルカもああいうジャンプは得意だ」

そう言っている間にも、イルカは楽しげに水面から跳ね上がり、さらには空中で横に一回転して見せたりする。

「すごいサービス！　あんなの見たことないよ！」

「おまえを歓迎《かんげい》しているのかな？　このポイントには一人でよく来るのだが、あそこまでしてくれたのは初めてだ」

「もしかして、オレを仲間だと思ってるのかな？　よし！」

彼はマスクを下ろしてシュノーケルを咥《くわ》え、フィンで強く水を蹴って泳ぎだす。

今日の彼が着ているのは、ぴったりと身体に張り付く競泳用の水着。鮮《あざ》やかなブルーが、陽《ひ》に灼《や》けた彼の肌《はだ》によく似合っている。

彼は両脚《りょうあし》をぴたりと揃《そろ》えて、イルカと同じようなドルフィンキックで進んでいく。イルカ達は彼を歓迎するように近くを泳ぎ回り、彼は手を伸《の》ばしてその身体《からだ》を撫《な》でてやっている。

「犬みたい！　可愛《かわい》い！」

シュノーケルを外した彼が、私に向かって叫《さけ》ぶ。

「あなたも来て！　きっと撫でさせてくれるよ！」

少年のように無邪気《むじゃき》な言葉、眩《まばゆ》い太陽のように煌く笑《え》み。私は彼に見とれ……そして自分がとても激しい恋《こい》をしていることを改めて自覚する。

……ああ、彼はなんという魅力《みりょく》的な存在なのだろう……？

私は思い……しかし悠一をつけ狙《ねら》っていたストーカーのことを思い出す。捜査は進んでいるようで、犯人が捕まるのも時間の問題だろう。そうなれば、もう、それほど長くは悠一を引き止めてはおけないだろう。

……もうすぐ、彼と会えなくなる……。

そう思っただけで、私の中に激しい感情が湧《わ》き上がってくる。

……彼はまだ無垢《むく》だ。強引《ごういん》にしてはいけない。だが、このまま彼を帰したくはない。

私は欲望《よくぼう》を抑《おさ》えるためにため息をつくが……欲望を抑えられる自信がない。

……ああ……私はもう限界が近い……。

小石川悠一

レディ・ビアンカは誰《だれ》なのか、そしてユリアスとはどういう関係なのか……オレはそのことばかりが頭の中をぐるぐるして、少し落ち込み気味だった。ユリアスはそんなオレを心配してくれたのか、自ら高速ボートを操縦してオレをシュノーケリングに連れ出してくれた。

オレはなんだか複雑な気分だったけれど、彼と一緒《いっしょ》に潜り、美しい海底の景色を見ているうちにとても楽しくなってしまった。

彼はオレに迫力あるジンベイザメや、可愛らしいイルカを紹介《しょうかい》してくれた。ほかにも珍しい珊瑚が群生する美しい環礁《かんしょう》を見せてくれたり、綺麗な熱帯魚が泳ぐ浅瀬《あさせ》に連れて行ってくれた。

オレは心からその体験を楽しみ、時間を忘れて……。

「少し長居をしすぎたようだ」

海上に出たオレ達を待っていたのは、真っ黒な空と叩《たた》きつけるような強い雨だった。風も強くて波が高く、顔を出しているのがやっとだった。いつの間にか船からかなり離れてしまっていて、そこまで泳いでいくのはかなり大変そうで……。

不安に泣きそうになったオレの身体が、ふいに彼の腕に引き寄せられた。

「船まで私が連れて行く。大丈夫《だいじょうぶ》だ」

腰《こし》を支えるようにしてオレの身体を支え、彼が泳ぎ始める。

「ごめん、自分で……」

「おとなしくして」

彼が囁《ささや》き、オレを連れて力強く船に向かう。

「ごめんなさい。オレが情けないから……」

「気にするな」

彼は言いながらオレを抱《かか》えて泳ぎ続ける。やっと船に辿《たど》り着いたオレ達は、船尾《せんび》に取り付けられた金属製の梯子《はしご》を使って甲板《かんぱん》に上がる。

「大丈夫か？」

「うん、全然大丈夫」

甲板に座り込んで荒《あら》くなった呼吸を整えていたオレは、笑いながらなんとか立ち上がろうとして……。

「……あっ」

そこでやっと、まるで腰が抜《ぬ》けたみたいに下半身に全然力が入らないことに気づく。そのまへなへなと座り込みそうになったオレの身体を、彼の腕がすばやく支えてくれる。

「うわ、なんで立てないんだろう、オレ」

「頭痛や眩暈《めまい》はあるか？　身体のどこかに痛みは？」

ユリアスの声がものすごく心配そうで、ちょっとドキリとする。オレは慌《あわ》てて笑いながら、

「いや、ごめん。ただ、腰が抜けちゃってるだけっていうか……」

オレが言うと、彼は深いため息をつく。前だったら、怒《おこ》らせただろうか、とかこんな深いため息をつくなんて嫌味《いやみ》、と思ったかもしれないけど……。

「……それならよかった」

彼はいつもと変わらない無感情な声で言い、それからいきなりオレの身体を抱《だ》き上げる。

「これから波がもっと荒くなる。こんな小さな船の上にいては危険だ。岸に向かおう」

言いながらオレを運び、操縦室の船長用の椅子《いす》に俺を座らせる。そして鞄《かばん》から出したバスタオルでオレの身体をしっかりと覆《おお》う。

高速ボートは本当に移動するだけの船って感じで、操縦室が簡単な部屋になっているだけであとは屋根もない。この上で雨に打たれるのはきっとかなりきついだろう。

彼は船のエンジンをかけ、ゆっくりと船を発進させる。手元の海図と方位磁石を見比べながら、針路を決定する。

「この近くの島に上陸して、ボート小屋で暖を取ろう。タオル一枚だけでは、おまえが風邪《かぜ》を引いてしまう」

彼の声は無感情なんだけど……見上げると、その秀麗《しゅうれい》な眉《まゆ》が微《かす》かに寄せられている。

……彼はオレのことを心配してくれてる？

思ったら、なんだかまた鼓動《こどう》が速くなる。

彼は競泳用の黒い水着を身につけただけの姿で、船を操縦している。

野生動物のように美しく鍛《きた》えられた裸《はだか》が、触《ふ》れそうな場所にある。彼の体温まで伝わってきそうな気がして、オレは頰《ほお》を熱くする。

……ああ、なんでまたこんなにドキドキするんだよ？

◆

オレ達は協力して高速ボートを砂の上に引き上げ、椰子《やし》の林に囲まれたボート小屋に駆《か》け込んだ。

「この周辺の島には、それぞれこういう簡単なボート小屋が設置されている。スコールに遭《あ》ったり夜になってしまったりした時などの非常時にとりあえずしのげるようにね」

彼はボート小屋と言ったけれど、入ってみると中はかなり広かった。二十畳《じょう》くらいはあるかもしれない。天井《てんじょう》は高く、南の島風に竹が編み込まれて綺麗《きれい》な模様を描《えが》いている。床《ゆか》は艶《つや》のない板を張った無骨なもの。ただ一時しのぐのが基本の小屋なのか家具は一切《いっさい》なく、隅《すみ》に置かれていた防水のプラスティックケースの中に数枚のタオルと毛布が入っていただけだった。オレはすぐに乾《かわ》いたタオルで身体を拭《ふ》かれ、毛布にくるまれた。定期的に点検はされているのか、どちらも清潔でかなりホッとする。

ユリアスは別の防水ケースから簡易コンロとヤカン、ミネラルウォーターのペットボトル、そして瓶《びん》に入ったインスタントコーヒーと粉末のコーヒークリーム、砂糖を取り出した。ほかにも缶詰《かんづ》めなどが入っているのが見えた。もしも嵐《あらし》で閉じ込められても数日は持ちそうな量だ。

彼はオイル式の簡易コンロに火をつけ、ミネラルウォーターを満たした小さなホーローのヤカンをそこにかけていた。いつも使用人にかしずかれている大富豪《だいふごう》にしてはすごく手際《てぎわ》がいい。

こんな島に長居するってことは、アウトドアも好きなんだろう。

彼はホーローのカップ二つに、インスタントコーヒーの粉を瓶から直接振《ふ》り入れる。さらにカップの一つにコーヒークリームを入れようとしたのを見て、オレは慌てて、

「オレ、ブラックでいいからね。子供じゃないんだから」

「嘘《うそ》をつけ」

彼は言いながらカップの中にコーヒークリームの粉をたっぷりと振り入れ、さらにスティック状の砂糖の封《ふう》を切り、それを加える。

「本当はブラックは苦手なんだろう？　いつも苦そうに鼻の付け根に皺《しわ》を寄せている」

「……う……」

ちゃんと見透《みす》かされていたことに、オレはちょっと赤くなる。

「気づいてたなら、バカにすればよかったじゃん。子供だって」

彼はカップの中にお湯を注ぎながら、唇《くちびる》の端《はし》に微かな笑《え》みを浮《う》かべる。

「大人を気取りたかったんだろう？　それならシェフやウエイターの前で言うことでもないと思った。それに、鼻の付け根に皺を寄せたおまえの顔が結構可愛《かわい》かった」

可愛い、という言葉なんか大嫌《だいきら》いなはずなのに、なぜかドキリとする。それは彼の声がいつもの無感情じゃなくて、ちょっとだけ優《やさ》しかったからかもしれない。

彼はプラスティックのスティックで、クリームと砂糖を入れたコーヒーをゆっくりとかき混ぜる。スティックを抜いたカップを俺に差し出して言う。

「熱いから気をつけて。きちんと飲んだ方がいい。水に浸《つ》かったあとは、思いがけなく身体《からだ》が冷えているから」

その声もやけに優しく聞こえて、オレはもう憎《にく》らしいことを言い返す気も起きなくなってしまう。

「……うん」

うなずいて、彼の手からカップを受け取る。あたたかな湯気を見ているだけで、なんだかちょっと落ち着くみたい。表面にフーッと息を吹《ふ》きかけ、それから慎重《しんちょう》にコーヒーをすする。

「……あ……美味《おい》しい」

オレの唇から、やけに素直《すなお》な言葉が漏《も》れてしまう。

ここに来てからはずっと大人ぶってブラックばかり飲んでいたけれど……本当は家にいる時には半分以上ミルク、砂糖たっぷりの甘いカフェ・オ・レだった。あたたかいミルクの香《かお》りがやけにホッとして、塩水のせいでいがらっぽくなった喉《のど》に砂糖の甘さがとても嬉《うれ》しい。

「コーヒーが自慢《じまん》のシェフが悲しむので、屋敷《やしき》ではなかなかインスタントコーヒーを飲む機会はないのだが……」

彼は言いながら自分はブラックのままのコーヒーを飲み、ホッとしたようにため息をつく。

「これはこれで美味しい。寮《りょう》に入っていた学生時代を思い出す」

「寮に入ってたの？　あなたって王族なんだよね？　だから国で一番いい学校に、リムジンの送り迎《むか》え付きで通ってたのかと思ってた」

オレは初めて聞く彼の昔の話に、興味津々《きょうみしんしん》で聞き返す。

「思春期はずっとスイスの寄宿学校で過ごした。日本で言えば中学と高校にあたる」

「どんな学校だった？　厳しかった？」

「とても厳しかった。……ああ、グラントやエドワードはその頃《ころ》からの悪友だ」

「学生時代からの友達だったんだ？」

「寮で同室だった。私にインスタントコーヒーやレトルト食品の味、それに簡易コンロの使い方を教えたのは彼らだ。私達がいた寮の食事は健康的だがとても質素で、育ち盛りの学生にはきつかった。みんな寮の部屋で簡易コンロを使って何かを作っては夜食にしていた」

ユリアスのあまりにも意外な過去に、オレはちょっと驚《おどろ》く。

「あなたってすごく優秀《ゆうしゅう》そうで、学校でも優等生だったってイメージだけど。そんなことしてたんだ？」

「成績はトップだったので、風紀委員と寮長《りょうちょう》を兼任《けんにん》していた。だが、背に腹は代えられない」

彼の言葉に、オレは思わず噴《ふ》き出してしまう。

「あははは……」

「そんなに可笑《おか》しいか？」

彼のちょっとムッとした顔が、なんだかますます可笑しい。

「いや、親近感を覚えたんだよ。オレも学校帰りにはコンビニで買い食いすることあるもん。肉まんとか、から揚《あ》げチキンとか、普段《ふだん》は食べられないすごくジャンクな物」

オレは笑ってしまいながら言う。

「いろんな部を掛《か》け持《も》ちしてめちゃくちゃお腹《なか》が空《す》くから、家までもたない。それにうちのお手伝いさんは高齢《こうれい》で、作ってくれるのは野菜とか豆腐《とうふ》とか魚が中心のあっさりした和食ばかり。だから、実は物足りないいんだ。……もちろん、健康のことを考えてくれてるんだから文句なんか言えないけどね」

オレは寮の部屋でお湯を沸《わ》かしている若いユリアスを想像して、微笑《ほほえ》んでしまう。

「大人に隠《かく》れて何かしたい。学生なんてみんなそんな感じなんだな」

外から漏れ聞こえてくる、強い雨の音。南の島とは思えないような、ひやりとした空気。だけどその中に、ふわりとあたたかなコーヒーの香りが広がっている。

「部活が忙《いそが》しすぎてのんびりキャンプとかしたことないけど……今ってそんな感じだね。ちょっと楽しい」

オレはコーヒーを飲みながら言い、ユリアスがオレを真っ直《す》ぐに見つめていることに気づいてちょっと赤くなる。

「なんだよ？　子供っぽいって思ってる？」

「いや」

彼はオレの顔を見つめたまま、少し呆然《ぼうぜん》としたように言う。

「本当はそうやって笑うんだな、と思って」

「え？」

「私に向かって、そんなに安心したような顔で笑ったことがなかった」

真剣《しんけん》な顔で見つめられて、頬が熱くなる。

「べ、別にわざと笑わなかったわけじゃないけど。まあ、ちょっと警戒《けいかい》したり、大人を気取ったりしていたことは確かだけど」

彼が手を伸《の》ばし、オレの頬にふいに触れてくる。驚いて身じろぎした拍子《ひょうし》に、肩《かた》にかけていた毛布がふわりと床《ゆか》に落ちる。

「可愛い。そのままでいい」

薄明《うすあか》るい電灯に照らされた彼の瞳《ひとみ》は、こんな嵐の夜でも美しいスカイブルー。オレは反論することも忘れて思わず見とれてしまう。

「素のままのおまえを、もっと見せて欲しい」

低く囁《ささや》かれて、鼓動《こどう》が速くなる。こんな近くにいると、あの無人島でされたキスや、夢精した朝に見てしまった夢をやけにリアルに思い出してしまう。

……どうしよう、身体が熱くなりそう。

「……あ……っ」

オレはあることに気づいて、小さく声を上げる。ほんの少し思い出しただけなのに、オレの身体は反応し、水着の布を押し上げてしまっていたんだ。

ワヤンが用意してくれた水着の中からオレが選んだのは、格好いいビキニタイプの競泳用。子供っぽく見えないようにと思ったんだけど……。

……どうしよう、こんな薄《うす》い布地の水着じゃ、反応したことに気づかれてしまう。

オレは慌《あわ》てて毛布を引き寄せて、脚《あし》の間の部分を隠す。かなり不自然な動きだったと思うけれど、気づかれるよりは……。

「どうした？　寒い？」

ユリアスが心配そうに聞いてくる。

「寒いのなら、きちんと肩からかけないと冷えてしまう」

彼の手がすばやく動いて、オレの腰《こし》を覆《おお》っていた毛布を持ち上げてしまい……。

「……あっ、ダメ……」

オレは慌てて脚の間を両手で隠すけれど……彼は驚いたように目を見開いて、オレのそこに視線を落としていた。指の間から、しっかりと勃起《ぼっき》した屹立《きつりつ》と、それに押し上げられて伸びきっている水着の布が見えてしまっている。

「……あ……」

オレは恥《は》ずかしさのあまり、本気で泣きそうになる。

「……ごめん、こんな時に勃《た》てたりして。オレ、欲求不満《よっきゅうふまん》なのかもしれない。この間も……」

「この間も？」

彼が不審《ふしん》そうに聞いてくる。オレは自分が何を言ってしまったかに気づいてさらに真っ赤になりながら、

「ごめん、なんでもない。忘れて。ここも、すぐに治まると思う」

言って、硬《かた》く反り返るそこをなんとかしようと、必死で深呼吸をする。だけど彼の視線を感じたことでオレの屹立はさらに硬くなり、水着の布を破ってしまいそうなほどで……。

「そんなになってしまっていては、すぐには治まらない。つらいだろう？」

彼が、オレの肩に毛布をかけてくれながら言う。その労《いた》わるような口調に、オレは情けなくて泣きそうになる。

「いや、でも我慢するしか……あっ！」

いきなり彼の手に引き寄せられて、オレは思わず声を上げる。毛布ごとしっかりと抱《だ》き締《し》められ、でも、それだけじゃなく……。

「……あ……ダメ……」

オレの唇《くちびる》から、かすれた声が漏れた。思わず見下ろすと、彼の美しい手が水着の布地ごとオレの屹立を握《にぎ》り込んでいて……。

「……ダメだよ……オレ……アアッ！」

キュッと動かされて、背中が反り返ってしまう。

「気持ちがいいのなら、我慢《がまん》しなくていい」

彼が囁き、オレの顔を間近に覗《のぞ》き込んでくる。

「私の手で出していい。そうすれば落ち着くだろう」

囁かれ、ふいにその美貌《びぼう》が近づいて……。

……あ、キスされる……？

オレは思い、そっと目を閉じる。その一瞬《いっしゅん》後、唇にそっとあたたかなものが触《ふ》れてくる。

……どうしよう……また、キスされちゃった……。

彼の唇はチュッと音を立てて離《はな》れ、だけどすぐにまた重なってくる。

……ああ、ドキドキして死にそう……。

彼の唇は見かけよりも柔《やわ》らかく、オレの唇に何度もキスをする。

力の抜《ぬ》けてしまった上下の歯列の間から、彼の舌がオレの口腔《こうこう》に滑《すべ》り込んでくる。

「……んん……っ」

彼の舌は愛撫《あいぶ》するようにオレの舌を舐《な》め上げ、敏感《びんかん》な上顎《じょうがく》を舌先でくすぐってくる。

「……ん……んん……っ」

オレは気が遠くなりそうになりながら、彼の胸に手をつく。滑《なめ》らかな肌《はだ》と硬い筋肉の感触《かんしょく》に、さらに欲望《よくぼう》が湧《わ》き上がってきてしまう。

「……ん、あ……っ」

クチュ、クチュという淫《みだ》らな音を立てて、彼の舌がオレの口腔を蹂躙《じゅうりん》する。

……ああ、こんなに上品に見える彼がこんなに獰猛《どうもう》なキスをするなんて……。

「……ん、んん——っ！」

陶然《とうぜん》としていたオレは、屹立をキュッと扱《しご》き上げられて思わず声を上げる。先端《せんたん》から先走りの蜜《みつ》が溢《あふ》れ、水着の布地をジワリと湿《しめ》らせる。

……どうしよう……。

オレは呼吸を速くしながら思う。

……彼の手で、イキそう……。

「……ユリアス……」

名前を唇に乗せるだけで、心が甘く痛む。

「……ユウイチ……」

名前を囁かれるだけで、眩暈《めまい》がする。

……ああ、どうしよう？

オレは屹立を握り込まれたまま、小さく喘《あえ》ぐことしかできない。

……オレ、本気で感じてる……。

「イキたい？」

ユリアスの囁きが、オレの唇をくすぐる。

「イキたいと言えれば、このままイカせてあげよう」

イジワルな言葉に、身体《からだ》がピクリと反応する。とてもノーブルな彼の唇からこんな淫らな言葉が漏《も》れたと思うだけで、イキそうだ。

「どうする、ユウイチ？」

低く囁かれて、オレは我を忘れてしまう。

「イキ……たい……」

オレの唇から、かすれた声が漏れた。

「いい子だ」

彼が囁き、オレの屹立を握り締めた手をゆっくりと上下させ……。

「ん、んん――っ！」

オレの先端から、ビュクビュクッと勢いよく欲望の蜜が溢れた。それは水着の布を濡《ぬ》らし、それだけでなく彼の手まで汚《よご》してしまって……。

「とてもたくさん出したね。よほど溜《た》めていたのか。可哀想《かわいそう》に」

彼が言いながら、イッたばかりのオレの屹立を、水着の布地ごとヌルリと扱き上げる。

「……あぁ……っ」

オレは身体を震《ふる》わせながら、先端から残りの蜜を搾《しぼ》り出す。強く閉じた瞼《まぶた》の隙間《すきま》から、快楽の涙《なみだ》が溢れる。

……オレ、めちゃくちゃに感じちゃってる……。

「泣いているのか？」

ユリアスがとても心配そうな声で言い、オレの涙をそっとキスで吸い取る。

「そんなに嫌《いや》だった？」

「そうじゃなくて……オレ……」

「ん？」

優《やさ》しい声で聞かれて、オレはたまらなくなって彼にすがりつく。

「オレ……こういうの初めてだったから……」

「そうか」

ユリアスが言って、オレの身体をそっと抱き締めてくれる。彼の滑らかな肌、逞《たくま》しい筋肉質の胸に、頰《ほお》が押し付けられる。コロンなんかつけていないはずなのに、彼の滑らかな肌からはとてもいい香《かお》りがした。オレは陶然としながら、そっと頰を擦《す》り寄せる。

……どうしよう？　抱き締められているだけで、こんなに幸せだなんて……。

「一つ大人になった？」

耳元で聞かれて、オレはうなずく。そして彼の逞しい肩《かた》にそっと額を押し付ける。

「……うん。こんなに気持ちがいいなんて、知らなかった……」

思わず呟《つぶや》くと、彼は心配そうな顔でオレを覗き込んで、

「一つだけ言わせてくれ。悪い男の前で、そんなふうに無防備にしてはいけない。君はとても色っぽいのだから。わかったね？」

真剣《しんけん》な声で言われて、頰が熱くなる。

「じゃあ……どうしても誰《だれ》かに愛撫して欲しくなったら？」

「その時は……」

ユリアスが言いかけ、一瞬言葉を切る。それから、

「……私に言ってくれれば、いつでも手伝う」

オレは不思議なほどの喜びに満たされながら、深くうなずく。

「……うん」

……どうしよう？

オレは鼓動《こどう》を速くしてしまいながら、はっきりと自覚する。

……やっぱりオレ、この男のこと本気で好きになっちゃったんだ……。

彼はオレを見つめ、それからふいに言う。

「この島での時間は特別だ。おまえを永遠に引き止めておくことはできないし、休暇《きゅうか》が終われば私もロマーノ公国に戻《もど》らなくてはいけない」

彼のその言葉が、熱かったオレの身体を一気に冷やしてしまう。

……そうだ。この島を出たら、オレは平凡《へいぼん》な一大学生に戻る。そして国に戻った彼は、次期元首で、本物の王子様。オレなんかが近づけるような身分の人じゃない。

「ずっと、この島にいられたらいい」

ユリアスの呟きが、オレの心に突《つ》き刺《さ》さる。オレは無理やり笑いながら、

「ここは食べ物は美味《おい》しいし、景色は綺麗《きれい》だし、のんびり暮らすのも楽しそうだね」

……でも、やっぱりそんなことは無理だ。

オレの心に言いようのない寂《さび》しさが広がってくる。

……ああ……自分がこんなつらい恋《こい》をするなんて、思ったこともなかった……。

ユリアス・ディ・ロマーノ

『悠一を追い掛《か》け回していたストーカーが、ついに捕《つか》まったんだよ』

電話の向こうから聞こえてくるのは、悠一の父親、源三氏の嬉々《きき》とした声。

『これで、安心して悠一を日本に呼び戻すことができる』

……悠一を、まだ帰したくない……。

私は痛烈《つうれつ》にそう思う。

……まだ心を通じ合わせることはもちろん、告白すらできていない。もしも今、彼を日本に帰してしまったら、私と悠一はもう二度と会えない予感がする。

「ミスター・コイシカワ」

私は慎重《しんちょう》に言葉を選びながら言う。

「一つ、ご提案があるのですが」

『なにかな？』

「ユウイチくんは、英語や社交術について、とてもよく学んでくれています」

私が言うと、源三氏は嬉《うれ》しそうに、

『おお、そうか。さすがユリアスくん。うちの跳《は》ね返りの息子《むすこ》を、よく……』

「ですが、レッスンがまだすべて途中《とちゅう》なのです」

私が言うと、源三氏は、

『途中？』

「もう少しユウイチくんをお借りできれば、完璧《かんぺき》な紳士《しんし》に教育してあげられるのですが」

『……あの悠一が、完璧な紳士に……？』

源三氏はうっとりと言い、それから、

『わかった。私も礼儀《れいぎ》を知らなかったせいで社長になってからかなり苦労したクチだ。この機会に、悠一にいろいろ叩《たた》き込んでやってくれないか？』

彼らしいおおらかな様子で言い、

『犯人が捕まったことを言えば、悠一は無理やりに戻って来てしまうかもしれない。それはまだ秘密にしておいていい。君が満足するまで、悠一に礼儀を叩き込んでやってくれ』

源三氏は言い、私と彼はしばらく話してから電話を切る。

……これで悠一をもうしばらく引き止めておくことができる。

私は思い、胸がちくりと痛むのを感じる。

……だからと言って、彼の心が手に入るとは限らないのだが。

◆

コテージに戻った私は、庭の方から水音がしていることに気づく。部屋には入らずに中庭を通って海側に出ると、ホリゾンタル・プールで悠一が泳いでいるのが見えた。

静かな庭に、彼が立てる規則的な水音が響《ひび》いている。

彼はとても美しいフォームでクロールをしていた。正確に水をかくしなやかな腕《うで》、柔《やわ》らかくしなる足首。月明かりに照らされた彼は、まるで優雅《ゆうが》な海の生き物のようだ。

もともと涼《すず》むために作られているホリゾンタル・プールは、長さが二十メートルほどしかない。彼はすぐに泳ぎきり、美しいフォームでターンをする。その時に、私はあることに気づいてドキリとする。

……彼は……水着を着けていない……。

昨日、あのボート小屋で見た、彼のしなやかな身体《からだ》を思い出す。

快感に不慣れな様子の彼は、キスをしただけで呼吸を乱し、鼓動を速くした。

若い欲望《よくぼう》はほんの少しの刺激《しげき》だけですぐに硬く反り返り、たまらなげに震えながら先走りを溢《あふ》れさせた。溶《と》けそうなほどに熱かった彼の屹立《きつりつ》。その感触《かんしょく》が、手のひらに鮮《あざ》やかに蘇《よみがえ》る。

手をゆっくりと上下させるだけで、彼はそのしなやかな背中を反らせ、美しい唇《くちびる》からとても色っぽいため息を漏《も》らした。

……なんてことだ……。

私は芝生《しばふ》の上に立ったまま、目を閉じてため息をつく。

……中学生ではあるまいし、彼の裸《はだか》を見ただけでこんなにも発情してしまうなんて。

「ユリアス」

いきなり声がして、私は目を開ける。プールの端《はし》に足をついた悠一が、驚《おどろ》いた顔で私を見上げていた。

「お帰り。遅《おそ》くなるんじゃなかったの？」

彼は濡《ぬ》れた髪《かみ》をかき上げて言い、それから自分が裸であることを思い出したのか、カアッと赤くなる。

「あ……ごめん。つい……」

「つい？」

「いや、海を見ながらお風呂《ふろ》に入ってたらのぼせちゃった。だから身体を冷やそうとして、そのままプールに入った。水着も着ないで泳いでごめん」

私はプールサイドに立ち、頬を染める彼を見下ろす。

……源三氏はよろしくと言ってくれた。だが、いつまでも悠一を騙《だま》して引き止めることはできない。もうすぐ悠一は私の手から離《はな》れ、今まで暮らしていた自由な世界に向かって飛んで行ってしまうだろう。

　思ったただけで、胸が潰《つぶ》れそうに痛む。

　……それなら、せめて今だけは……。

「今夜はとても蒸《む》し暑い。寝《ね》る前に一泳ぎしたら気持ちがいいだろうな」

　言いながら、着ていたシャツのボタンを外す。シャツを脱《ぬ》いでデッキチェアの上に放《ほう》ると、彼は頰《ほお》を染めて私を見上げてくる。

「もしかして、泳ぐの？　でもオレ、素《す》っ裸《ぱだか》で……」

「気にしなくていい」

　私は言ってベルトの金具を外し、麻《あさ》のスラックスを脱ぎ捨てる。

「……あ……」

　デッキシューズを脱ぎ、下着一枚になった私を、悠一が頰を染めて見上げてくる。くすぐるような彼の視線が、私の中の獰猛《どうもう》な気持ちを搔《か》き立てる。

「私も同じ格好で泳ぐことにする」

　言って下着に手をかけると、悠一は泣きそうな顔になり、そのまま水を跳《は》ねさせて泳ぎ始める。まるで人魚のようなその姿に、不思議なほど発情する。

　私は下着を脱ぎ捨て、そのままプールに飛び込む。彼を追って泳ぎ、プールの向こう側に着く前に捕まえる。

「……ああっ！」

溺《おぼ》れないように後頭部を支え、濡れた唇に深く唇を重ねる。

「……んく……っ」

昨夜教えた深いキスをし、彼のあたたかな口腔《こうこう》を舌で探《さぐ》る。

「……ん……」

それだけで、彼の身体から、ふわりと力が抜《ぬ》ける。彼は従順に私の舌を受け入れ、おずおずと舌を絡《から》めてくる。

……ああ、なんてキスだ……。

私はすべてを忘れそうになりながら、彼の小さな舌を愛撫《あいぶ》し、吸い上げる。

「……ん、んん……っ」

彼の唇の端から、ゆっくりと唾液《だえき》が溢れる。無垢《むく》で純情な悠一にこんな淫《みだ》らなキスを教えるのは、よくないことだと解《わか》っている。だが、私はもう止まらなかった。

「……んく……んん……っ」

深いキスをしながら右手で彼の肌《はだ》を辿《たど》る。

「……う……ん……っ」

手のひらで屹立を握《にぎ》り込むと、彼は動揺《どうよう》したように身を引こうとするが、私は左手で彼の腰《こし》を強く抱《だ》き寄せ、抵抗《ていこう》できないようにする。

指先で張り詰めた先端《せんたん》を擦《こす》りながら、喘《あえ》ぎを吸い取るように舌を絡ませる。

「……ん、ん、んっ！」

彼はとても感じてしまったかのように身体を震《ふる》わせ、先端のスリットからとめどなく先走りの蜜《みつ》を溢れさせる。

「先がヌルヌルだ。気持ちがいい？」

唇を触れさせたまま囁《ささや》くと、彼は泣きそうな顔で目を閉じたまま、小さくうなずく。

「……気持ち……い……アアッ！」

素直《すなお》になった彼があまりにも可愛《かわい》らしくて、私は我を忘れて彼の屹立を愛撫してしまう。

「……ダメ……出ちゃうよ……っ！」

……イカせたい……。

身体をそらせ、たまらなげに喘ぐ彼を見下ろしながら思う。

……うんと感じさせて、私を忘れないようにさせてしまいたい……。

私は顔を下ろし、水面から覗《のぞ》いている彼の乳首にそっとキスをする。

「……んんっ！」

彼の乳首はとても硬く尖り、誘うようなバラ色に染まっている。私は彼の屹立を扱《しご》き上げながら、乳首に舌を這《は》わせ……。

「……う、うう……っ」

「……ん、ダメ……やめ……っ！」

悠一は激しくかぶりを振《ふ》りながら、甘い声を漏らす。

「……オレ、男なのに……っ」

「男なのに、何？」

囁いて乳首を吸い上げてやると、彼はビクンと屹立を揺《ゆ》らして先端からまたヌルリとした先走りを溢れさせる。指で強く塗《ぬ》り込めてやると、とても感じている証拠《しょうこ》に彼の腰がヒクヒクと震えてしまう。

「乳首を刺激したら、先走りが溢れてきた。……男なのに、乳首がとても感じてしまう？」

耳元に口を近づけて囁くと、彼は小さく息を呑《の》む。促《うなが》すように耳たぶを甘噛《が》みすると、彼は今にも泣き出しそうな声で、

「……うん……感じる……」

「素直ないい子だ」

私は彼の耳たぶにキスをして、囁きを吹《ふ》き込む。

「ご褒美《ほうび》を上げなくてはいけないな」

私は囁き、先走りの滑《ぬめ》りを塗り込めるようにしながらその屹立を扱き上げ……。

「……くう……っ！」

彼が背中を反り返らせ、たまらなげに喘ぐ。突《つ》き出された格好になった胸に顔を埋《うず》め、乳首《ちくび》

の先端を舌でくすぐってやる。

「……ああっ！」

彼の屹立《きつりつ》から、ドクドクッ、と欲望《よくぼう》の蜜が溢《あふ》れ、熱く私の手を濡らす。私は止めを刺《さ》すために強く扱き上げ、尖《とが》った乳首を吸い上げてやる。

「……く、ん……っ」

彼は震えながら蜜の残りを搾《しぼ》り出し、震えながらとても色っぽいため息を漏らす。

「……あぁ……っ」

彼の膝《ひざ》からふいにカクンと力が抜け、彼の身体《からだ》がそのまま水の中に沈《しず》みそうになる。

「危ない！」

私は慌《あわ》てて抱き留《と》め、驚きに鼓動《こどう》が速くなったのを感じながらしっかりと抱き締《し》める。

「本当に危なっかしい子だ。大丈夫《だいじょうぶ》？」

彼はぐったりと私の肩《かた》に頭を預け、舌をもつれさせながら囁く。

「……ダメ……かも……」

……ああ、彼をこのまま抱《だ》くことができたら、どんなに幸せだろう……。

小石川悠一

……彼の心はレディ・ビアンカのもの。オレを愛撫したのは、きっとただの遊びだ。

ユリアスに愛撫されることを教えられてから、オレはますます混乱してしまっていた。

一昨日《おととい》はボート小屋、そして昨夜はバルコニーのプール。彼はオレの屹立を愛撫するだけじゃなく、とても甘いキスをしてオレを酔《よ》わせてしまった。

……でも、やっぱりオレはきっとただの身代わりだ。

そう思ったら、オレはとても悲しくなってしまった。

時計を見ると夜の十一時。もうすぐユリアスが書斎《しょさい》からここに戻《もど》ってくる時間。

……彼は今夜も、オレを愛撫するだろうか？

思っただけで、オレの屹立は覚えたての快感にヒクリと震えてしまう。もしもまた彼に抱き締められ、キスをされたら、きっとオレはまた何もかも忘れて快感に身を任せてしまう。

……そんなの、悲しすぎる……。

オレはなんだか泣きそうになりながらコテージを出て、砂浜《すなはま》に続く階段を駆《か》け降りた。

……飛び出したはいいけど……。

オレは延々と砂浜を歩きながら、ため息をつく。

……ここは絶海の孤島《ことう》。どこに逃《に》げられるわけもないんだよな。

オレはポケットから出した携帯《けいたい》電話のフリップを開き、着信履歴《りれき》を見る。

そこにはこの間心配して電話をしてくれた、アレッサンドロさんの携帯電話の番号が表示されていた。オレは電話をするか迷い……迷っているうちに間違《まちが》えて通話ボタンを押してしまう。

「……あっ」

……どうしよう……。

『もしもし。ロマーノですが』

焦《あせ》っているうちに相手が電話に出てしまう。

『このナンバーは……ユウイチくん？』

「あ、はい。すみません。あの……」

『もしかして、この間の誘《さそ》いのことを考えてくれた？』

「いえ、その……」

オレは少し迷い、だけどほとんど見ず知らずの彼に頼《たよ》るなんて失礼すぎる、と思う。

「……すみません、大丈夫です。ちょっとだけ散歩をすればすぐに気分が落ち着きます」

オレは無理やり元気そうな声を出して言う。

「またパーティーとかでお会いできると嬉《うれ》しいです。それまでに元気になっておきますね」

『本当に大丈夫？』

「はい。すみませんでした」

オレは言って慌てて電話を切る。そして自分の情けなさにため息をつく。

……本当に、オレ、何やってるんだろう？

ポケットに携帯電話を入れ……それからアレッサンドロさんがこの間言っていたことを思い出す。

……そういえば、砂浜だと警備がゆるいんだっけ？

こんな時なのに、オレの好奇心《こうきしん》が、つい疼《うず》く。

……そういえば、豪華《ごうか》なお屋敷《やしき》とか敷地《しきち》内しか見ていない。ちょっとだけ、敷地の外も見てみたいかも……。

オレは砂浜を延々歩き、敷地の境目らしいフェンスのところにでる。

砂浜にはユリアスの警備を務めている、武装したごつい男達がパトロールをしていた。オレは彼らに見つからないように砂浜から椰子《やし》の林の中に入り、ロマーノ家の敷地と一般《いっぱん》の砂浜との境界線らしき高い柵《さく》を乗り越《こ》え、敷地の外に出た。

特にサイレンが鳴るわけじゃなかったから油断していたけれど……どうやら警戒《けいかい》装置はつけられていたみたいで警備の男達がすごい速さで走ってきた。そして周囲に不審《ふしん》者がいないか、厳重に捜索《そうさく》を始めていた。まさか、内側から外に出た人間がいるとは思わないだろう。

オレは林を抜《ぬ》けてその場を離《はな》れ、砂浜にまた戻った。そして遠くに煌《きらめ》くユリアスの別荘《べっそう》の灯《あか》りを見つめる。砂浜に面した崖《がけ》の側面に階段状に造られたコテージは、オレンジ色の光を帯びてすごく美しくてロマンティックだ。

彼と過ごした時間が脳裏《のうり》をよぎり、オレの心がズキリと痛む。

……彼は、義理で預かることになってしまったオレに、親切にしてくれただけ。あの愛撫《あいぶ》だって、ただのマスターベーションの延長。誤解をしたのはオレの方だ。

オレは砂の上に立ってコテージを見つめながら、深いため息をつく。

……要するに、オレがただのお子様だったってことだ。

コテージから目をそらし、また砂浜を歩きだしたオレは、椰子の林の間から現れた数人の人影《ひとかげ》に気づいて思わず立ち止まる。

……うわ、まさかこっちにも警備の人間が……？

思うけれど、彼らは全身黒ずくめで、顔の下半分を黒い布で覆《おお》っていて……。

……なんだ、こいつら？　どう見ても怪《あや》しい……！

オレは本能的な怯《おび》えを感じ、思わず踵《きびす》を返す。コテージの方向に走り出そうとして……。

「……あ……っ」

同じような黒ずくめの男たちが、背後からも迫《せま》ってきていた。逃げよう、と思った瞬間《しゅんかん》に彼らはスタートを切り、オレは簡単に捕《つか》まってしまう。

「なんなんだ、おまえら？」

両側から脇《わき》を抱《かか》えられ、引きずられるようにして海の方向に向かわされる。

「放せ、放せよっ！」

オレは叫《さけ》び、思い切り暴れるけれど、両側の男の力は尋常《じんじょう》じゃなかった。オレは逃げるどころか腕《うで》を緩《ゆる》めることすらかなわない。足が波に洗われても彼らは気にせずに沖《おき》に向かって進んでいく。そこで初めて、沖に黒い船が泊《と》められていたことに気づく。体格のいい黒ずくめの男達が甲板《かんぱん》をうごめいている影《かげ》が見える。

……計画的な誘拐《ゆうかい》か？

黒い船は十人くらい乗れそうなクルーザーで、スマートな船体は最新式の高速艇《こうそくてい》だろう。

……オレ、どこにさらわれていくんだ？

日本でストーカー野郎《やろう》にさらわれそうになったことを、ふと思い出す。あいつは一人だったし非力だったし、何よりもオレに遠慮《えんりょ》があった。だから逃げられたし、あとで怒《おこ》る余裕《よゆう》もあった。だけど、今は……。

海はどんどん深くなり、オレの足が砂地から離れてしまう。どんなに身体を捩《よ》じらせて暴れても、水がわずかに跳《は》ねるだけでなんの効力もない。

……こいつら、人を誘拐するのに慣れてるのか……？

この島には、ロマーノ公国と関係のあるとんでもないVIPばかりが滞在している。もしも誘拐したとしたら……。

今までに感じたことのないような恐怖《きょうふ》が、心の奥から湧《わ》き上がってくる。今すぐに逃げたいのに、男の一人に万力のような力で両腕《りょううで》を掴《つか》まれて、身動きすらできない。男は何の感情もなくオレの身体《からだ》を肩《かた》に抱え上げ、船尾《せんび》に取り付けられた梯子を登る。そしてまるで荷物みたいに、オレの身体を甲板に転がす。

「……いた……っ」

肩と腰《こし》をしたたか打って痛みに呻《うめ》いている間に、オレを運んできた男たちが船尾から次々に船に乗り込んできて、エンジンがかけられる。

「……くそっ」

オレは痛みをこらえて立ち上がり、船べりに向かってよろけながら甲板を走り……。

「動くな。死ぬぞ」

迫力《はくりょく》のある低い声と、カチリ、という金属音。オレは足を止めて恐《おそ》る恐る振《ふ》り返り……。

甲板に立っていた男が、低くて迫力のある声でオレの言葉を遮《さえぎ》る。カチリ、という金属音に見下ろすと、男の手には黒く光る小型の拳銃《けんじゅう》があった。

「待てよ、オレのことを金持ちとか思ってるかもしれないけど、オレはただの……!」

「おまえがプリンス・ロマーノのゲストであることは知っている。騒《さわ》ぐとその身体に傷がつくことになるぞ」
銃口《じゅうこう》を真っ直《す》ぐに向けられて、オレの全身から血の気が引く。男はオレに英語で言ってから、男たちを振り返って別の言葉で指示を出す。オレに拳銃を向けているこの男が、どうやら首謀《しゅぼう》者《しゃ》みたいだ。言葉はよく解《わか》らないけれど、イタリア語に近い響《ひび》きで、たまにラテン語に似た単語が交ざる。

……もしかして……。

オレはあることに気づいて、さらに血の気が引くのを感じる。

……これはロマーノ語……？

オレは甲板に呆然《ぼうぜん》と立ったまま、拳銃を持った男を観察する。顔の下半分は黒い布で覆われて見えないけれど、声からして五十がらみくらい。いかにも鍛《きた》えられたような逞《たくま》しい長身を、黒のポロシャツと黒いスラックスに包んでいる。白髪《しらが》の交ざった黒髪《くろかみ》をきちんとカットしていて……粗野《そや》な感じのほかの男達とは違《ちが》って、なんだかこいつだけ金持ちそうな雰囲気《ふんいき》で……。

……顔は見えないけれど、どこかで会ったことがあるような……？

その時、潮風に乗って男のコロンの香《かお》りがふわりと漂《ただよ》った。それはパーティーで嗅《か》いだ覚えのある気取ったコロンの香りで……。

「……あっ」

ある男の顔が脳裏をよぎり、オレは思わず声を上げる。

「あなたは……」

オレの声に、男が振り返る。それから無造作に顔の下半分を覆っていた布を外す。現れたのは、見たことのある顔。

「……アレッサンドロさん……」

オレの唇《くちびる》から名前が漏《も》れ、男はにやりと笑って、

「やっと気づいたのか。鈍《にぶ》いお子様だな」

彼は、ユリアスの実の叔父《おじ》……アレッサンドロ・ディ・ロマーノだった。

「……ユリアスの叔父であるあなたが、どうしてこんなこと……」

オレは驚《おどろ》きにかすれた声で言う。アレッサンドロは楽しげな声で、

「もちろん、金銭目的でさらったわけではない。私の目的はただ一つ、ユリアスが、ロマーノ公国の次期元首の座を私に譲《ゆず》ることだ」

その言葉に、オレはとても驚いてしまう。

「なんでそんなこと……」

「マスコミには伏《ふ》せられているが、ユリアスの父——現大公は何度か暴漢に襲《おそ》われて命を狙《ねら》われている」

「まさか……それも全部あなたの仕業《しわざ》とか……？」

オレが言うと、彼は楽しげに笑って肩をすくめる。

「さあね。だが、そのせいで現大公、そしてユリアスの周囲は厳戒《げんかい》体制がしかれていて、とても近づけない。おまえのような無防備な子供を預かってくれて助かったよ」

その言葉に、オレは血の気が引くのを感じる。

……オレの無責任な行動が、ユリアスに迷惑《めいわく》をかけてしまう……。

「オレは、日本から行儀《ぎょうぎ》見習いに来てるだけの居候《いそうろう》だ！」

オレは慌《あわ》てて男に向かって叫ぶ。

「だから、ユリアスがオレの命なんか気にするわけがない！」

「本当にそうかな？」

アレッサンドロはにやにやと笑いながらオレを見下ろしてくる。

「ユリアスはああ見えてなかなか情に篤《あつ》いところがある。ストーカーに狙われた父親の旧友の息子《むすこ》を、わざわざ日本から預かるくらいにね」

その言葉に、オレの全身から血の気が引く。

「……なんで、それ……？」

「君のことは、すぐに調べさせてもらった。パーティーで会った時、ユリアスは、君にやけに執心《しゅうしん》しているように見えたからね」

「そんなの気のせいだ！　ユリアスがオレのことなんか気にするわけがない！」

オレは必死で言うけれど……。

……ユリアスは、冷たそうな態度とは裏腹にすごく優《やさ》しい人だ。もしかしたら、彼はオレを助けに来てしまうかもしれない……。

彼の身に危険が迫《せま》るのでは、と思うだけで絶望的な気分になる。

……オレ、本当に迷惑な子供だ……。

落ち込みそうになるけれど、そんな場合じゃない。

……逃《に》げなきゃ！　彼に迷惑をかけないように……！

オレは思い、覚悟《かくご》を決めて甲板を全速力で走る。手すりを越《こ》え、そのまま海に向かってダイブした。

ユリアス・ディ・ロマーノ

「ユリアス様！　大変です！」

仕事を終えてコテージに戻《もど》ろうとしていた私は、書斎棟《しょさいとう》の玄関《げんかん》のドアが激しくノックされるのを聞いた。

足早にエントランスホールに向かうと、ちょうどドアを開けてセバスティアーノが入ってきたところだった。

「どうした、セバスティアーノ」

「ユウイチ様が……」

セバスティアーノは、いつも冷静沈着《ちんちゃく》な彼とは別人のように取り乱した様子で言う。

「ユウイチ様の姿が、どこにも見えません！」

その言葉に、私は全身からスッと血の気が引くのを感じる。

……しかし……。

「落ち着け。砂浜《すなはま》で散歩をしているのではないか？」

「それが……」

セバスティアーノは、

「十五分ほど前、一般《いっぱん》の海岸との境目にある警戒装置《けいかい》が作動しました。警備の人間が駆《か》けつけて捜索《そうさく》しましたが、不審者《ふしん》は一切《いっさい》見つかりませんでした」

「ユウイチが、敷地《しきち》内から外に出たと？」

私はとても嫌《いや》な予感を覚えながら言う。セバスティアーノは、

「そうかもしれません。しかし敷地外にも彼の姿はないという報告が入っています。それから、不審な船が沖《おき》を航行していたという目撃《もくげき》情報も……」

私は青ざめ……それから動揺《どうよう》している場合ではない、と自分を叱《しか》り付ける。

「グラントとエドワードに連絡《れんらく》を。それから、アレッサンドロ叔父のコテージに人をやってくれ。多分、もぬけの殻《から》だろうが」

私の言葉にセバスティアーノはつらそうな顔になる。

「では、一連の事件はやはりアレッサンドロ様が……？」

「わからない。だが……」

私は強く拳《こぶし》を握《にぎ》り締《し》め、自分に言い聞かせるように呟《つぶや》く。

「……私はどんな手を使っても、必ずユウイチを取り戻す」

小石川悠一

バシャン、という大きな水音。オレの身体《からだ》が暗い海に沈《しず》んでいく。オレは必死で怖《こわ》さをこらえながら水をかき、船からかなり離《はな》れたと思って水面に顔を上げるけど……。

「……あっ！」

オレの身体がいきなり後ろから羽《は》交《が》い締《じ》めにされる。どうやら男達の一人が海に飛び込み、オレを捕《つか》まえたみたいだ。

「放せ！　放せ……うぐっ！」

オレは必死で暴れるけれど、水を飲むばかりでまったく逃げることができない。オレはそのまま荷物のように肩に抱《かか》えられ、またクルーザーに引き上げられてしまう。

「人が我《が》慢《まん》していれば、いい気になって。次は本当に撃《う》つぞ」

アレッサンドロの手が、オレの腕《うで》を強い力で捕まえる。銃口《じゅうこう》がこめかみに押し当てられ、オレは思わず青ざめる。

……この男、本気だ……。

アレッサンドロはオレを船内に引きずり込むと、そのまま廊下《ろうか》を歩かせる。正面のドアを開いて、オレの身体を思い切り突《つ》き飛ばす。

「……あっ！」

オレはバランスを崩《くず》してよろけ……部屋に置かれていたベッドの上に倒《たお》れ込んだ。アレッサンドロは銃《じゅう》をサイドテーブルに置くと、オレの上にのしかかってくる。

「パーティーで見た時から思っていたが……おまえはやけに色っぽいな」

オレは必死で抵抗《ていこう》するけれど、強い力で濡《ぬ》れた服を引きはがされ、恐《おそ》ろしさに喘《あえ》ぐ。

「どうせ、金目当てでユリアスをたぶらかしたんだろう？」

耳元でいやらしく囁《ささや》かれたアレッサンドロの言葉に、オレは愕然《がくぜん》とする。

……金目当て……？

「今度は私につけ。財産は思いのままだ。いい思いをさせてやるぞ」

言いながら、彼の手がオレのジーンズのファスナーを引き下ろそうとする。

「……嫌だ……！」

必死で抵抗しながら、オレはユリアスとの時間を思い出していた。

彼はオレに優しいキスをし、巧《たく》みに愛撫《あいぶ》してオレをイカせてくれた。愛してもらえなくても、オレの身体は彼の優しい指を覚えている。

……その思い出を、こんな男に汚《けが》されるのは……。

「嫌だっ！」

オレは本気で抵抗しながら思い切り叫《さけ》ぶ。

「金目当てなんかじゃない！　オレはユリアスのことが――」

バアン！

部屋にいきなり大きな音が響《ひび》き、暴れていたオレは驚《おどろ》いて動きを止める。

慌《あわ》てて見ると、ベッドルームのドアが大きく開かれていた。そこに立っていたのは……。

「ユリアス！」

黒ずくめの服を着た彼は、手に持った拳銃《けんじゅう》を真っ直《す》ぐにアレッサンドロに向けていた。

彼の後ろにはグラントとエドワードが控《ひか》え、やはりアレッサンドロに銃を向けている。その後ろ、廊下にはユリアスの別荘《べっそう》にいたSP達がいて、船に乗っていた男達を連行しているのが見える。

「あなたの怪《あや》しい動きはずっと監視《かんし》していました、叔父上《おじうえ》。だがまさか、私のユウイチを誘拐《ゆうかい》するとは」

ユリアスの目に、本気の怒《いか》りの炎《ほのお》が揺《ゆ》れている。

「父上――ロマーノ大公に次々に刺客《しかく》を差し向けたのも、あなたですね？」

その言葉に、アレッサンドロは開き直ったように笑う。

「まったくしぶとい兄上だ。今度こそ成功したと思ったのにまだ生き延びているとは……」

ユリアスがアレッサンドロの襟首《えりくび》を捕まえ、アレッサンドロは青ざめて言葉を切る。

「父上だけでなく、愛するユウイチまでも傷つけようとした。……私は、あなたを許さない」

ユリアスが地の底から響くような低い声で言い、右腕《みぎうで》を後ろに引き……。

ガッ！

骨が鳴る激しい音がして、次の瞬間《しゅんかん》、アレッサンドロの身体が宙を舞《ま》った。彼はそのままベッドから吹《ふ》き飛び、壁《かべ》で後頭部を打って呻《うめ》きながら床《ゆか》の上に崩れ落ちる。

「ユウイチ」

ユリアスが振《ふ》り返り、オレに歩み寄る。その腕にオレをしっかりと抱《だ》き締めて、

「怖かっただろう。もう大丈夫《だいじょうぶ》だ」

オレは彼の身体にしっかりとしがみつき、それからあることに気づく。

「あなたの服、びっしょり濡れてる。そういえば、近づいてくるエンジン音もヘリのローター音も聞こえなかった……」

「彼らに気づかれずにどうやってここに来たんだ……そう思ってるだろ？」

グラントが言い、オレは思わずうなずいてしまう。エドワードが片目をつぶって、

「私達は遊びに関しては達人だ。月が隠《かく》れてこんなに凪のある夜なら、黒い帆《ほ》を張ったディンギーで簡単に近づける」

「まあ……気づかれないように、遠くでディンギーから降りたからかなり泳いだけれどね」

「おしゃべりはそれくらいにして、その男を連れていってくれ。……ユウイチは今、動揺しているんだ」

ユリアスが言い、二人はため息をつく。そしてぐったりしたアレッサンドロを二人がかりで引きずりながら、部屋を出て行く。

「怖かっただろう？」

優《やさ》しく言われて、オレはドキリとする。

「べ、別に怖くなんか……」

オレはいつもみたいに強がろうとするけれど……言葉が続かない。

「怖かったら、怖いといってかまわない」

彼がオレの髪《かみ》を撫《な》でてくれながら言う。

「私の前では、そのままのおまえでいていいんだよ」

ユリアスの優しい声に、オレの意地っ張りがふわりと溶《と》けてしまう。

「……本当は……すごく怖かったんだ……」

オレはかすれた声で告白し、彼の胸に頬《ほお》を押し付ける。

「……あなたが来てくれてよかった……」

目の奥がギュッと痛んで視界が曇《くも》る。

そしてオレは、ユリアスの腕の中で本気で泣いてしまったんだ。

ユリアス・ディ・ロマーノ

……私は、彼のことを心から愛している。

私はバルコニーのデッキチェアに腰掛《こしか》け、呆然《ぼうぜん》と夜の海を見つめている。

……彼を二度と泣かせたり、苦しませたりしたくない。この腕に抱き締《し》めて、ずっと守ってやりたい。

私の心の中に渦巻《うずま》いているのは、彼への痛いほどの愛《いと》おしさ。だが、それだけではない。

……私は……彼が欲しい……。

半裸《はんら》にされ、押し倒され、絶望的な顔をした悠一を見た時、私は怒りのあまり目の前が真っ白になった。私は叔父《おじ》を本気で殴《なぐ》り、悠一をこの腕の中に取り戻《もど》した。本当にギリギリだったが、彼の無垢《むく》な身体を叔父の手で汚される前に助けられたことを、私は心から神に感謝した。もしもほんの少し救出が遅《おく》れていたら純情な悠一がどんなに傷ついただろうと思うだけで、血の気が引く。

……悠一はとても怖い思いをした。きっとしばらくは人に触《ふ》れられることすら怖いだろう。

私は彼を労《いた》わり、優しくして、彼の心の傷を癒《いや》してやらなくてはいけない。解《わか》っている。だが……。

瞼《まぶた》の裏に、悠一の滑《なめ》らかな身体の残像が鮮《あざ》やかに焼きついてしまっている。

私は、恋愛《れんあい》に不慣れな彼を騙《だま》すようにしてその身体を何度も抱き締め、愛撫した。一度目はボート小屋で、二度目はこのコテージのプールの中で。

……彼の全裸《ぜんら》を見たのは、初めてだった。

この島の太陽で金色に陽灼《ひや》けした、しなやかなその身体《からだ》。だが、水着の部分だけが、とても色っぽいミルク色をしていた。キュッと上がった小さな尻《しり》、柔《やわ》らかそうな内腿《うちもも》が目の前にちらつく。怖《こわ》いほどの欲望《よくぼう》が、身体の奥深い場所から湧《わ》き上がる。

……私は、最低だ。

私は手で顔を覆《おお》って、深いため息をつく。

……あんなに怖がっていたのを知っているのに、それでも彼を抱《だ》いてしまいたいと思っているなんて。

カチャ、という微《かす》かな音に、私はギクリとして動きを止める。

……いけない、振り返った時、もしも彼が肌《はだ》も露《あら》わに立っていたら……。

「……お風呂《ふろ》、先に借りちゃってごめん」

後ろから響く声がいつもの彼とは別人のようにかすれていて、私は何もかも忘れて振り返ってしまう。

シャワーから出てきた悠一は、いつものように無防備な格好ではなかった。バスローブの襟《えり》は首元でしっかりと閉じ合わされ、腰紐《こしひも》は厳重すぎるほどしっかりと縛《しば》られている。警戒《けいかい》するようなその様子に、私の胸が激しく痛む。

……可哀想《かわいそう》に……。

湯上がりの彼の頰はいつものように色っぽく上気しているが、伏《ふ》せた睫毛《まつげ》と引き締められた唇《くちびる》が、彼の強い緊張《きんちょう》を表している。

「落ち着いたか？」

できるだけ静かな声で私が言うと、彼はゆっくりと顔を上げて私を見つめる。

「……あ……うん……」

彼は答え、だがすぐに視線を自分の裸足《はだし》の足元に落とす。

「あの……」

「どうした？」

聞くと、彼は何かを考えるように一瞬《いっしゅん》黙《だま》る。それからふいに言葉を漏《も》らす。

「……ありがとう」

その唇から出た素直《すなお》な言葉に、私は少し呆然とする。彼は俯《うつむ》いたまま、

「オレなんかのために……ごめん」

「オレ『なんか』？　そういう言い方は……」

「だって、あなたには……！」

悠一は、私の言葉を遮《さえぎ》って叫《さけ》ぶ。見上げてきた彼の目が潤《うる》んでいることに気づいて、私は少し驚いてしまう。

「私には……なんだ？」

悠一はふいにとてもつらそうな顔になり、また俯こうとする。私は手を伸《の》ばして彼の顎《あご》を指で支え、その顔を覗《のぞ》き込む。

「きちんと言いなさい。何が言いたい？」

悠一は、その黒い瞳《ひとみ》に複雑な色を浮《う》かべて私を見つめる。それから、かすれた声で言う。

「あなたには、好きな人がいるんだよね」

「え？」

あまりにも意外な言葉に、私はドキリとする。

……彼は、私の気持ちに気づいていた？

「なのに、オレなんかを助けるために危険な目に遭《あ》わせたりして……だから、ごめん」

悠一の言葉に、私は思わず目を見開く。

「いったい、誰《だれ》のことを言っているんだ？」

「とぼけなくていい。オレ、みんなから聞いて知ってるんだ」

悠一は、とてもつらそうな顔で私を見つめて言う。

「あなたにとっての一番は、レディ・ビアンカなんだよね？」

「……は？」

私は思わず呆然としてしまう。悠一は、私がとぼけようとしていると思ったのか、さらに苦しげな顔になって、

「あなたの一番はレディ・ビアンカだって、みんなが……」

「たしかに、レディ・ビアンカは私にとって特別な存在だ。だが、おまえのこととはまったく別だ」

私は覚悟《かくご》を決め、そして心を込めて告白する。

「私は、おまえを愛している、ユウイチ」

彼は呆然と私を見つめ……それからふいに泣きそうに顔をクシャリとゆがめる。

「なんだよそれ？　本当はレディ・ビアンカを愛してるのにオレを恋人《こいびと》にしたいって？」

彼は、ずっと我慢《がまん》していた感情が溢《あふ》れてしまったかのように、思い切り叫ぶ。

「そんなのひどすぎる！　オレ、あなたのこと、本気で愛しちゃったのに！」

ずっと思い焦《こ》がれていたその言葉をいきなり言われて、私は呆然と聞き返す。

「……今、なんと言った？」

「だから！」

彼は拳《こぶし》を握《にぎ》り締めて叫ぶ。

「愛しちゃったんだって言ってるだろ！」

私は彼を見つめて呆然とし……それからふいに、年甲斐《としがい》もなく泣いてしまいたいような気分になる。

……彼が、私を愛している……？

「あなたはひどい人だ！　彼女と結婚《けっこん》できないからって、オレを身代わりにするなんて！」

彼が本気で怒《おこ》ったように叫び、陶然《とうぜん》としていた私はハッと我に返る。

……そういえば、彼はさっきからおかしなことを……。

「彼女？　身代わり？　何を言っている？」

私はとても不思議に思いながら、彼に言う。

「レディ・ビアンカをなんだと思っているんだ？」

「だって書斎棟にすごい美人の肖像画《しょうぞうが》が！　みんなあそこに描《えが》かれているのがレディ・ビアンカだって！」

私は書斎棟の肖像画を思い出す。

「ああ……たしかにあそこにはレディ・ビアンカが描かれているが……」

「そうだろう？　みんなは、レディ・ビアンカと結婚するわけにはいかないって言ってた！」

叫ぶ悠一の目に、ふいに涙《なみだ》の粒《つぶ》が盛り上がる。瞬《また》きをした拍子《ひょうし》、長い睫毛の上でそれが弾《はじ》け、煌《きらめ》く筋になって頰《ほお》を伝う。

「禁断の恋《こい》なんだろ？　そんなの、オレ……」

彼はさらに涙を溢れさせながら、すがるように私を見上げる。

「……オレ、絶対にかなわないじゃないかっ！」

彼は自分が泣いていることすら気づいていないかのように、とめどなく涙を溢れさせる。

プライドが高く、弱みをみせまいとずっと強がってきた彼が、私のことで本気で泣いている。

そのことが、私の中に大きな喜びを湧き上がらせる。

……彼は……こんなにも私を愛してくれたのか……？

「何で答えないんだよっ！　それって図星だからだろっ！」

彼は言い、それからやっと自分が泣いていることに気づいたのか、手を上げて頰に触《ふ》れる。

「くそ、あなたみたいな男のために、なんでオレ、泣いてるんだよっ！」

彼は叫び、拳で頰を擦《こす》ろうとして……。

「赤くなる。擦らないで」

私は彼の拳を握って止め、ポケットから出したハンカチで涙をそっと吸い取らせる。それから彼の美しい顔を間近に覗き込む。

「あそこに描いてある人間は、若い頃《ころ》の私の母親だ」

その言葉に、悠一はとても驚《おどろ》いたように目を見開く。

「……あなたの、お母さん？　ってことは、ロマーノ大公妃？」

彼は何かを思い出すように言葉を切り、それから、

「……ってことは、あなたの一番はお母さんだってみんなは言ってたの？」

「たしかに亡《な》き母との思い出は大切だが、レディ・ビアンカは母のことではないんだ」

「えっ？」

悠一が驚いたように声を上げ、また泣きそうに顔をゆがめる。

「オレ、気がつかなかったけどバックに小さくほかの人が描いてあったとか？」

「おまえは気づいていたはずだ。母のバックには何が描いてあった？」

悠一は不審《ふしん》そうに眉《まゆ》を寄せて私を見上げて、

「え？　この島だよね？　だって、このコテージから見た景色そのままで……」

「レディ・ビアンカというのは、この島の愛称《あいしょう》だ」

彼は目を見開き、呆然《ぼうぜん》とした顔で私を見つめる。

「白い砂浜《すなはま》が特徴《とくちょう》なので、昔からそう呼ばれている。たしかに私にとって、この島は特別な存在だ。父、そして亡き母との思い出が詰《つ》まっている。だから私は、亡き母の肖像《しょうぞう》を描かせるときにバックにこの島の風景を入れさせたんだ」

悠一は愕然《がくぜん》とした顔で見つめ……それからとても申し訳なさそうな顔になる。

「ごめんなさい、オレ、誤解して、レディ・ビアンカに嫉妬《しっと》してた」

それから頬をゆっくりと染めて、

「子供みたい。恥《は》ずかしいよ」

「恥ずかしがることはない。それほど私に夢中だということだろう?」

私が言うと、彼は少し悔《くや》しそうな顔で何かを言おうとする。しかし何も浮かばなかったのか、頬を染めたまま顔を俯ける。

「なんだかすごく悔しいけど……」

彼は長い睫毛《まつげ》を伏《ふ》せ、囁《ささや》くような声で言う。

「……オレ、あなたに夢中かもしれない……」

「いい子だ。よく言えたな」

私は言い、彼の顎《あご》を指先で支える。彼を怖《こわ》がらせないようにゆっくりと顔を近づけ、涙で濡《ぬ》れた頬にそっとキスをする。

「……あ……」

彼は従順に目を閉じ、小さくため息のような声を漏《も》らす。その声の甘さが私の胸を甘く痛ませる。

「私も愛しているよ、ユウイチ」

囁いて、涙で濡れた睫毛にキスをする。右、そして左。

「出会った瞬間《しゅんかん》に恋に堕《お》ち、君を知るにつれてもっと好きになった」

可愛《かわい》らしい鼻の先にキス。

「美しく、強がりで、そして可愛い。どうしようもないほど好きだ」

「……ん……」

唇《くちびる》のすぐ右側にキスをすると、目を閉じていた悠一が微《かす》かな声を漏らす。

「どうした？」

「……唇に……」

彼の美しい形の唇から、ほとんど息だけの囁きが漏れる。

「……キス、しないの……？」

目を閉じた彼の頬が、とても色っぽいバラ色に染まっている。

「唇に、キスをして欲しいのか？」

唇のすぐ左側にキスをすると、彼が焦《じ》れるように眉を寄せて、

「べ、別に！　したくなきゃ、しなくてもいいけど！」

「したくない……」

「えっ！」

彼が驚いたように目を見開く。私は笑ってしまいながら、

「……わけがないだろう？」

私は両手で彼の頬を覆《おお》い、そしてその唇にそっとキスをする。

「愛しているよ、ユウイチ」

「愛してる、ユリアス」

私は彼の両脇《りょうわき》に手を入れ、そのまま彼を抱《だ》き上げる。驚いたように目を開く彼をベッドルームに運び、その身体《からだ》をゆっくりとベッドに押し倒《たお》す。

「……あ……」

潤《うる》んだ目で見上げてくる彼の様子に、私の中の獰猛《どうもう》な欲望《よくぼう》が目を覚ます。

「このまま抱く。いいね？」

真っ直《す》ぐに見つめながら言うと、彼は怯《おび》えたように小さく息を呑《の》み……それからかすれた声で囁く。

「……いいよ」

私は顔を下ろし、彼の唇にそっとキスをする。

「……ん……」

蕩《とろ》けそうなほど柔《やわ》らかなその唇。そこから漏れた甘い呻《うめ》きに、いきなりリミッターが外れそうになる。

「これは、ユウイチの初めての夜だ」

私は彼の唇にキスを繰《く》り返し、その合間に囁く。

「だから、壊《こわ》れ物を扱《あつか》うように、大切に、優《やさ》しく抱きたい。なのに……」

私は彼の耳たぶにキスをし、囁きを吹《ふ》き込む。

「……このまま我を忘れてしまいそうだ……」

「……あ……っ」

悠一がピクリと身体を震《ふる》わせて、かすかに怯えたような喘《あえ》ぎを漏らす。

「……私が怖いか？」

囁いて耳たぶをそっと甘噛《あまが》みする。彼は小さく息を呑み、それからそっとかぶりを振《ふ》る。

「……怖くない……何をされてもいい……」

彼の唇から、かすれた甘い囁きが漏れる。

「……ああ、なんて悪い子だ」

私は彼の身体をきつく抱《だ》き締《し》め、ため息と共に囁く。

「……そんなに煽《あお》ると、とてもひどいことをしてしまいそうだ」

「……していいよ……」

悠一が囁き、長い睫毛を上げて私を見上げてくる。

「……あなたを、愛してるんだ……」

その声が、私の張り詰めていた我慢《がまん》の糸を簡単に切ってしまう。

「……ユウイチ……」

私は彼を抱き締め、キスを繰り返しながらバスローブの紐《ひも》を解く。

「……あ、あ……っ」

バスローブの合わせを開き、彼の上半身を露《あら》わにさせる。

形のいい鎖骨《さこつ》、金色に陽灼《ひや》けした肌《はだ》。その上にある仔猫《こねこ》のそれのように小さな乳首《ちくび》。それはわずかだが、硬《かた》くなり始めていて……。

私はたまらなくなって顔を下ろし、彼の乳首を唇に含《ふく》む。

「……んんっ！」

濡れた舌でゆっくり味わうと、彼の身体に小波のような震えが走る。

「……あ……ダメ……んんっ！」

左の乳首を舌で愛撫《あいぶ》しながら、右の乳首の先端《せんたん》を指先で摘《つま》み上げる。

「……や、ああ……っ！」

そのままクリクリと揉《も》み込んでやると彼はねだるように胸を反らし、甘い声を漏らす。

「……んん、乳首、ダメ……ああ……っ」

チュッと吸い上げると、私の身体の下で、彼の腰《こし》がヒクリと反応する。一瞬《いっしゅん》浮き上がったそれが私の身体に触《ふ》れ……彼の欲望がすでにとても硬く勃起《ぼっき》していることが解《わか》る。

「……どうして？　とても感じるから？」

囁きながら両乳首への愛撫を続けると、彼は呼吸を乱れさせ、シーツを強く摑《つか》む。

「……だって……両方されたら……イッちゃう……」

その言葉を証明するように、彼の乳首はバラ色に染まって存在を主張し、屹立《きつりつ》はバスローブの布地を持ち上げながらヒクヒクと跳《は》ね上がっている。

「乳首への愛撫だけでイキそうなのか？　なんて子だ」

私は彼の乳首を吸い上げて彼を喘がせ、そのまま身体を下にずらす。

「……んん……っ」

指先で右の乳首をくすぐって感じさせながら、私は彼の肌にキスを繰り返す。

両乳首の間、鳩尾《みぞおち》、形のいい臍《へそ》、平らな下腹、そして……。

「……あっ！」

私は身を起こし、彼の着ていたバスローブの合わせを摑み、すべて開く。露わになるしなやかな身体に眩暈《めまい》を覚えながら彼の身体の下からバスローブを引き抜《ぬ》く。

「……ん……っ」

驚《おどろ》いた顔をする彼の下着を摑み、そのまま引き下ろす。

「……や……ユリアス……」

恥《は》ずかしげに身を捩《よ》じらせる彼の脚《あし》から下着を引き抜き、彼の白い内腿《うちもも》に手を当てる。

「……あっ！」

そしてそのまま、彼の両腿を大きく割り広げる。

「……待って、何……アアッ！」

混乱したようにもがく彼の脚を高く持ち上げ、柔らかな両腿の間に顔を埋《うず》めて……。

「……そんな……ダメ……ダメだよ……っ！」

反り返る屹立にキスをすると、彼は激しくかぶりを振る。しかし本当は感じていることを示すように、その先端《せんたん》からはトロリと先走りの蜜《みつ》が溢《あふ》れる。

「どうしてダメなのかな？　こんなに硬くして……」

私は彼の屹立の側面を、ゆっくりと指先で辿《たど》る。

「……しかも、こんなに濡らしているのに」

「……ああ……っ！」

指を往復させ、側面にヌルヌルと蜜を塗《ぬ》り込めると、彼は切羽詰《せっぱつ》まった喘ぎを漏《も》らして必死の様子でかぶりを振る。

「……ダメ……出ちゃうよ……っ」

とても切ない声が、私の欲望をどうしようもなく掻き立てる。

「こらえ性《しょう》のない、いけない子だ」

私は囁《ささや》き、張り詰《つ》めた彼の屹立の先端を、濡《ぬ》れた舌でゆっくりと舐《な》め上げる。

「……ひ、うぅ……っ！」

彼はとても感じてしまったように息を呑み、内腿をヒクヒクと震えさせる。

「そんなに震えて。イキたいのか？」

先端に唇《くちびる》を触れさせたまま言うと、彼は我を忘れたように何度もうなずく。

「……イキたい……イカせてくれよ……！」

とても淫《みだ》らにねだられて、私は我を忘れる。濡れた側面をヌルヌルと擦《こす》り上げながら、先端をたっぷりと舌でなぶってやる。

「……ひ、ああ……っ！」

彼の腰が跳ね上がり、彼のしなやかな指が、私の髪《かみ》に埋められる。

「……ダメ……ダメ……」

一瞬抵抗《いっしゅんていこう》するように私の髪をクシャッと摑むが、すぐに我を忘れたように私の頭を引き寄せてしまう。

「……あ、あ、あ……イク……っ！」

「まだだ、もう少し我慢して」

私は囁き、彼の側面を濡らす先走りを手でたっぷりとすくい上げる。ヌルヌルに濡れた指を後ろから彼の双丘《そうきゅう》の間に滑《すべ》り込ませ、隠《かく》された蕾《つぼみ》を探る。

「……や……何……あっ！」

指先が蕾に触れた瞬間《しゅんかん》、彼は驚いたように声を上げる。

「男同士のセックスは、ここを開いて性器にする。……できる？」

私は囁きながら、彼の堅《かた》い蕾の花びらをそっと指先で解《ほぐ》す。

「もしも怖《こわ》いのなら……」

「……怖くない……」

悠一は今にも泣きそうな声で言い、私の顔を見下ろしてくる。

「……最後まで、オレに教えて……」

「いい子だ」

私は囁き、彼の屹立をすっぽりと口腔《こうこう》に咥《くわ》え込む。切羽詰まった喘ぎを漏らす彼の蕾に、ゆっくりと指を差し入れていく。

「……ん、んん……っ！」

「力を抜いて。できる？」

「わからないよ。オレ、こんなの初めてで……」

最初は拒絶《きょぜつ》するように私の指先を締め付けていた彼の蕾。だが屹立を舌で愛撫してやるとだんだんに柔《やわ》らかく解れ、最後にはふわりと蕩《とろ》けて私の指を包み込み……。

「……すごい、吸い込まれる」

私は彼の甘美な蕾を指で味わいながら囁く。

「……とても才能がある。最初から、こんなふうにできるなんて」

「……ん……本当に……？」

悠一は快楽の涙《なみだ》を浮《う》かべた目で、私をすがるように見上げてくる。

「……オレ、あなたのこと気持ちよくできるかな……？」

「できるに決まっている。だが、その前に……」

私は顔を下ろし、彼の屹立を深く咥え込む。舌で先端を愛撫し、責めるように吸い上げながら、彼の蕾に押し入れた指でその内壁《ないへき》を解していく。蕾に指を出し入れするたびに、チュプッ、チュプッ、という淫らな水音が漏れる。

「……あ、あ、あぁ……っ！」

彼の指が、たまらなげに私の髪に埋められる。

「……どうしよ……オレ、あなたの口に……」

彼は言うが、言葉とは裏腹にその指先は私の頭を抱《だ》き寄せてしまっている。

「……あ、ごめんなさ……我慢《がまん》できな……」

「いいよ。飲んであげるから出しなさい」

私は囁き、止《とど》めを刺《さ》すためにその先端を強く吸い上げて……。

「う、くううっ！」

彼は我を忘れたように私の口腔に深く屹立を押し入れ、ドクドク、と欲望《よくぼう》の蜜を迸《ほとばし》らせる。

私はそれを残らず飲み干し、最後の蜜まで吸い上げてやる。

月明かりに照らされ、切なげに喘《あえ》ぐ彼は……この世のどんなものよりも美しい。

……ああ、彼が欲しい……。

小石川悠一

「……飲んであげるから出しなさい」

彼はとてもセクシーな声で囁き、まるで止めを刺すみたいにオレの先端を吸い上げて……。

「う、くううっ！」

オレは我を忘れて彼の頭を脚の間に引き寄せ、その口に屹立を押し入れてしまう。そしてとても深い場所に、ずっと我慢していた欲望の蜜を撃《う》ち込んでしまう。

彼はオレのすべてを受け止め、すべてを飲み干す。さらにオレをチュッと吸い上げて、残りの蜜までも味わってしまう。

……ああ、オレ、なんてこと……。

想像したこともなかったようなとんでもない快感に満たされながら、オレは涙を流す。

……彼の口で、イッちゃうなんて……。

オレの身体《からだ》が、そっと抱き起こされる。彼がオレの耳に口を近づけて、

「顔を見ながら抱《だ》きたいが……今夜は無理はさせたくない」

囁いて、オレの身体をシーツの上にうつ伏《ぶ》せにする。

「……顔を枕《まくら》に埋《うず》めて、お尻《しり》を上げてごらん」

甘く命令されて、オレはそのとおりにしてしまう。お尻を突《つ》き出すようなとても恥ずかしい格好だけど……抵抗《ていこう》なんかできない。

……だって、オレも、彼が欲しくて……。

「……アアッ！」

オレの腰骨《こしぼね》を、彼の大きな手が後ろから支える。先走りでヌルヌルになっていたオレの蕾に、とても熱いものが押し当てられる。

……ああ、これは、彼の欲望……。

「……ん……っ！」

感じさせられ、甘く蕩けてしまった蕾が、ゆっくりと彼を受け入れていく。彼の欲望は溶《と》けそうなほど熱く、そしてとても逞《たくま》しかった。

「息を止めないで。ゆっくりと呼吸を続けなさい」

オレは喘ぎながらも必死で息をすい込む。内壁が内側から押し広げられる感覚は、少し怖いけれど……。

「……す……ごい……」

オレは枕に顔を埋めたまま、切れ切れに喘いでしまう。

「……中が……気持ち……い……」

オレの内壁のとても感じやすい場所を、彼の逞しい屹立《きつりつ》がきつく擦り上げている。それは腰《こし》からトロトロに蕩けてしまいそうな、とんでもない快感で……。

「……ダメ……また出る……」

「もう、中で感じているのか？　偉《えら》いぞ。とてもいい子だ」

彼が囁き、後ろからオレを抱き締《し》める。

「動くよ。大丈夫《だいじょうぶ》？」

耳元で囁かれ、オレは必死でうなずく。

「……うん……だいじょう……アアッ！」

オレの言葉の最後を待たずに、彼が激しい抽挿《ちゅうそう》を開始する。

「……アッ……アッ……アッ……！」

とても逞しい彼に突き上げられ、オレは切れ切れに喘ぐ。内側から感じる初めての悦《よろこ》びに、オレの目の前が白くなる。

「……ア……ア……すご、い……っ」

オレはシーツを強く摑《つか》んで必死で射精感をこらえ、背中をのけぞらせながら快感の涙を振《ふ》り零《こぼ》す。

「……イク……またイッちゃうよ……っ！」

彼の獰猛《どうもう》な動きに合わせて、オレの屹立が激しく揺《ゆ》れる。あんなにイッたはずなのにまた痛いほど硬《かた》い。先端《せんたん》のスリットから溢《あふ》れた蜜《みつ》が、パタパタ、という音を立ててシーツに落ちる。

「……あ、……も、ダメ……っ！」

身体の奥深い場所から、目が眩《くら》みそうな快感が湧《わ》き上がる。オレは喘ぎ、激しい射精感に身を任せようとして……。

「まだだ。もう少し我慢を覚えなさい」

後ろから耳元に囁《ささや》かれる、とてもセクシーな彼の声。そしてオレの屹立が……。

「あああ——っ！」

彼の大きな手が、オレの屹立の根元をキュッと強く握《にぎ》り締めた。

「いやだ……ああ……っ！」

放出できなかった快感が身体の中で荒《あ》れ狂《くる》う。腕《うで》から力が抜《ぬ》けて身体を支えられなくなり、オレは激しく震《ふる》えながらシーツの上に倒《たお》れ込む。

「お願い、離《はな》して……っ！」

オレは泣きながら頬《ほお》を枕に埋《うず》め、彼の手を両手で摑む。

「イカせてくれよぉ……っ」

彼の手を外そうとするのに、指にまったく力が入らない。

「あんなに何度も出したのに、またイキそうなのか？　こらえ性《しょう》のないイケナイ子だ」

彼の指が責めるように、オレの側面を扱《しご》き上げる。何度も放った蜜で濡《ぬ》れた屹立。ヌルリとした淫《みだ》らな感触《かんしょく》に、目の前が白くなる。

「……ア、アアッ！」

オレは放出の予感に喘ぐけれど……彼は許さずに、また根元を握り込んでしまう。

「……やだ……あっ、あっ、ああっ！」

屹立を握られたまま激しく突き上げられて、オレは涙を零《こぼ》しながら枕に頬を擦《こす》り付ける。

「ダメ、お願い、イカせてくれよ……っ！」

オレの蕾《つぼみ》が、淫らに震えながら、逞しい彼をギュウッときつく締め上げる。

「……っ」

彼は一瞬《いっしゅん》息を呑み、それから苦笑《くしょう》して、

「初めてなのに、そんなに締め上げてくるなんて。そんなに気持ちがいいのか？」

彼が耳元で囁き、オレの耳たぶにキスをする。オレは舌をもつれさせながら、必死で彼に懇《こん》願《がん》する。

「……気持ち、い……だから……お願い……！」

オレの内壁《ないへき》が震え、まるでねだるように彼の屹立に絡《から》みつく。

「ああ……君がすごすぎて、私ももう限界が近い」

彼が囁き、優《やさ》しく耳たぶを甘噛《あまが》みする。

「今度こそ、一緒《いっしょ》にイこう。……いい？」

「……うん……オレも一緒にイキた……アッ！」

オレの答えが終わらないうちに、彼が獰猛な抽挿を再開する。

「……アッ……アッ……アッ……！」

オレは枕にすがりつき、激しく突き上げられながら、切れ切れの喘ぎをもらす。彼は左手でオレの屹立を握り込み、右手でオレの腰を支えていた。その右手がオレの肌《はだ》を滑《すべ》り上がり、前に回って乳首《ちくび》を摘《つま》み上げる。

「……ああ、乳首、ダメだよ……ッ！」

キュッと先端を揉《も》み込まれて、教え込まれたばかりの一番敏感《びんかん》な場所から蕩《とろ》けそうなほどの快感が湧き上がる。

「……ああっ……両方されたら……オレ……んんっ！」

湧き上がった快感は熱い血液に乗って一気に全身に広がり、屹立に凝縮《ぎょうしゅく》して……。

「……あ、熱い……溶け……ンン——ッ！」

オレの全身が、ビクンと跳《は》ね上がる。

「……ユリアス……イク……！」

俺のかすれた声を合図にしたように、彼の手がオレの屹立を解放する。

「……く、ああ……っ」

オレの屹立はビクビクと跳ね、先端から、ビュクビュクッと激しく蜜を迸《ほとばし》らせる。

「……ン、ンン——ッ！」

オレの蕾がキュウンッと強く彼を食い締め、絞《しぼ》り上げるように収縮し……。

「……ユウイチ……」

彼は小さく声を漏《も》らし、我を忘れたようにオレの腰を両手で捕《つか》まえる。そのまま肌が当たるほどに激しくオレを貫《つらぬ》いて……。

「……ユリアス……んんっ！」

オレのとても深い場所に、ドクドクッ！と激しく欲望《よくぼう》の蜜が撃ち込まれる。

「……アアッ……！」

その熱さにも感じてしまったオレの屹立が、ドクドク、と最後の蜜を搾《しぼ》り出す。

「……んん……っ」

シーツの上に崩《くず》れ落ちるオレの身体《からだ》を、彼の逞しい腕がしっかりと抱《だ》き締める。

「……愛している、ユウイチ……」

熱い声で囁かれ、オレは涙《なみだ》を零しながら囁き返す。

「……オレも愛してる、ユリアス……」

彼の唇《くちびる》が、オレの唇にご褒美《ほうび》のような甘いキスをする。

……ああ、愛し合うって、こんなに幸せなことだったんだ……。

ユリアス・ディ・ロマーノ

「この島に来てなかったら、あなたにも会えなかった」

私の胸の中で、悠一が言う。激しく喘《あえ》いだ余韻《よいん》で声が甘くかすれ、とても色っぽい。

「父さんと母さんに感謝しなきゃ」

私と悠一は一糸まとわぬ裸《はだか》のまま、海を見渡《みわた》せるバルコニーに出た。そして火照《ほて》った肌に心《ここ》地《ち》いい海風を感じながら、ディベッドの上で抱き合っている。

目の前に広がるのは、美しい薄紫《うすむらさき》色に染まる夜明けの海。蕾を開き始めた花の芳香《ほうこう》と、静かな波の音が、二人をゆったりと包む。彼のしなやかな身体が夜明けの光におしげもなくさらされていて……見とれるほどに美しい。

「私に会えてよかった？」

私が聞くと彼は長い睫毛《まつげ》を重そうに上げて、潤《うる》んだ瞳《ひとみ》で私を見つめる。

「わかってるくせに」

照れたように言って、私の胸に頰を埋める。

こうして肌《ふ》を触れ合わせ、鼓動《こどう》を感じていると……あれほど激しく愛し合ったのに、もっと欲しくなってしまいそうになる。

「父さんが、あなたみたいな人と知り合いだったなんて。今まで全然知らなかった。しかも自分の子供を預けるくらいだから、前から親しかったんだよね？」

「おまえの父上は、私の父の古くからの友人なんだ。父は日本の大学に留学していたことがあって、その頃《ころ》の同級生だそうだ。おまえの父上と母上の結婚式《けっこんしき》にも参列したらしい」

「本当に？　そんな話、親戚《しんせき》からも聞いたことがなかった」

「当時の父はまだ若かったし、大公の座も継《つ》いでいなかった。顔と正体を知っている人はまずいなかっただろう」

「そうなんだ？　ちょっとびっくり」

彼は驚《おどろ》いたように言う。それから少し心配そうな顔になって、

「もしかして、そのコネを使って父さんに無理を言われたんじゃない？　休暇《きゅうか》中に押しかけたりして、オレ、めちゃくちゃ迷惑《めいわく》だったよね」

「そうではない。おまえをこの島に来させるようにと提案したのは……実は私なんだ」

私の告白に、彼は呆然《ぼうぜん》と目を見開く。

「……え……？」

「私は以前、おまえに会ったことがある」

「……ええっ？」

彼は身を起こし、本気で驚いたような顔で私を見下ろして、

「本当に？　こんなものすごいハンサム、一回見たら絶対に忘れないと思うんだけど……」

「やはり気づいていなかったんだな。おまえはまだ高校生くらい、パーティーがつまらなかったのか、外ばかり眺《なが》めていたから」

「高校生の頃……」

オレは少し考え……そして庭の美しさで知られた都内のホテルでのパーティーを思い出す。

「もしかして、それって、スリーシーズンズ・ホテルのパーティー？」

オレが言うと、彼はうなずく。

「そうだよ」

「……うわあ……」

オレはあの時のことを思い出し、思わず真っ赤になる。だってその時、オレは母親とワルツを踊《おど》って、ステップのあまりのめちゃくちゃさに、親戚一同から失笑され……。

「……あれを見られてたなんて……！」

オレは恥《は》ずかしさのあまり両手で顔を覆《おお》う。

「……信じられない。あなたも笑ってたんだろ……？」

「笑ってなどいない」

彼は言ってオレの手をそっとどけさせる。

「おまえは、苦手なワルツをなんとか踊ろうととても真剣《しんけん》だった。おまえの父上はとても幸せそうに目を細めていたし、おまえの母上は息子《むすこ》の成長を喜ぶようにとても楽しそうだった。母を早くに亡《な》くした私には……忘れられない、とても美しい光景だった」

その言葉に、オレは驚いてしまう。

……あんなに恥ずかしくて、のちのちまでコンプレックスになっちゃうような出来事が……見る人によってはこんなふうにも感じられていたんだ。

「本当なら、話しかけたかった。しかしおまえは落ち込んだ様子で会場の隅《すみ》に座り、庭ばかり見つめていた」

「……思い出した……」

オレはあの時のことを思い出し、手を上げてプールサイドを指差す。

「……そういえば、あの庭には、あれと同じものがあったんだ」

彼は不思議そうな顔で身を起こし、オレの指差した方を振《ふ》り返る。白い石で作られた台の上に、花を抱《かか》えたカエルの像が載《の》っている。ワヤンが飾《かざ》ったプルメリアの花がカエルの足元で朝《あさ》露《つゆ》に濡《ぬ》れている。

「……カエルの像……？」

「そう。白い石でできたカエル。なんで庭にそんなものがあるんだろうって不思議に思ってた。

後から調べたら、インドネシアでは守り神みたいにされていて、ホテルなんかにもよくあるんだって知ったんだけど」

オレはちょっと笑って、

「めちゃくちゃ落ち込んで、本当は家に帰りたかった。でもオレの誕生日パーティーだから帰るわけにはいかなかった。あのユーモラスなカエルのおかげで、なんとか最後まで我慢《がまん》できた。それからなんとなく、インドネシアとか、アジアの南の島に親近感を覚えてた。まさか、こんなふうに南の島に来て、そこで本物を見るとは思わなかったし……」

オレは、ユリアスの顔に視線を移す。

「……その時、あなたが見ていてくれたなんて思ってもみなかったけど」

「パーティーの間中、おまえに見とれていた。美しく、凜々《りり》しく、どこか憂鬱《ゆううつ》そうな横顔に心が揺《ゆ》れた。少しだけでも振り返ってくれないかと思ったが、おまえはずっと庭を見てばかりだった」

オレはユリアスの言葉に頬《ほお》が熱くなるのを感じながら、

「父さんに『紹介《しょうかい》してくれ』って言えばよかったのに。そしたらオレ、その時からきっとあなたのことが忘れられなくなった」

彼が手を上げて、オレの頬にそっと触れてくる。

「私は、おまえに運命を感じたんだ」

夜明けの最初の光が、彼の横顔をスポットライトのように照らす。

「これが本当に運命ならきっとまた会える、そしてきっと結ばれる……私はそう思った」

彼の指がオレの唇の形をそっと辿《たど》る。

「まさか、こんなふうに見つめ返してくれる日が来るなんて」

彼は囁《ささや》き、そっと顔を下げて俺に優《やさ》しいキスをする。

「愛している、ユウイチ。おまえの恋人《こいびと》になれて幸せだ」

彼の真摯《しんし》な言葉が、オレの心をあたたかく揺らす。

「愛してる、ユリアス」

オレは彼の美貌《びぼう》を見上げて、心を込めて囁く。

「オレも、あなたの恋人になれて幸せだよ」

彼がとても優しく微笑《ほほえ》み、そっとオレの唇にキスをする。

そしてオレはまた彼の腕《うで》に抱《だ》き締《し》められ、そのまま快楽の高みに連れ去られ……。

◆

「悠一。冬休みが終わってから、本当に大人っぽくなったよなあ」

冬休みが明けてから一カ月。美しい南の島からいきなり極寒《ごっかん》の東京に引き戻《もど》されたオレは、最初はかなり戸惑《とまど》った。そしてこの一ヵ月で、生活のペースを取り戻してきたところ。

今日最後の講義のあと。悪友の小西が講義室でいきなり言う。

「へ？　なんだよそれ？　ふわあ」

オレはノートを閉じながら、あくびをする。

時差ボケの余韻《よいん》もあるのか、それとも夜遅《よるおそ》くまで電話しちゃうのがいけないのか、ともかく眠《ねむ》くて仕方がない。自由にまどろむことのできたあの島が、めちゃくちゃ懐《なつ》かしい。

「たしかに変わった。眠そうにしながらもしっかりノート取ってるし、先生の質問にやたらい い発音の英語で返すし。前はヒアリングはともかく、しゃべるの苦手だっただろ？」

小西の隣《となり》から、高円寺《こうえんじ》が言う。オレは、

「ああ……英語圏《えいごけん》にずっといたから、ちょっと慣れたのかも？」

「いや、それだけじゃないはず。その島で、いったい、何があったんだよ？」

小西の言葉に、ほかの友達がうなずいている。オレはまたあくびをしながら、

「ただ南の島に行ってただけ。別に何もないってば」

「嘘《うそ》、きっと何かあったのよ」

「そうそう。なんか色っぽくなったみたいな？」

前の席から振り向いた岡田《おかだ》さんと松本《まつもと》さんが言い、ねえ、とうなずきあっている。

「男のオレが色っぽくなるわけないじゃん。オレ、冬休み前と、何も変わってないし……」

笑いながら言いかけたオレの脳裏《のうり》に、ふいにユリアスとの甘い夜がよぎる。

冬休みの最初にオレはあの島に行き、ユリアスと出会った。そこで事件が起き、そしてオレと彼は紆余曲折《うよきょくせつ》を経て心を通じ合わせた。

……冬休みの残りは、全部ハネムーンみたいなものだった。オレはユリアスと抱き合い、彼はオレに愛し合う恋人達がすることを、一つ一つ丁寧《ていねい》に教え込み……。

思い出しただけで、頬がカアッと赤くなる。

……もしかして、そういう雰囲気《ふんいき》ってバレるものなんだろうか？

「何、赤くなってるんだよ？　あ、まさか……」

小西がオレの顔を覗《のぞ》き込みながら言う。

「おまえ、カノジョができたんじゃないのか？」

「ちょっと待って、聞こえちゃったわよ」

近くにたむろしていた別の学部の女の子達が、わらわらと近寄ってくる。

「ねえ、小石川くん、本当なの？」

「休みが明けてから、小石川くんのカノジョに立候補したいって女子が増え続けてるのよ。カノジョができたなんて知られたらパニックになるわよ」

「いや……カノジョはできてないけど……」

オレは気圧《けお》されながら言う。

……たしかにカノジョはできてない。だけどまさか男の恋人ができました、なんて、こんなところで言えるわけがなくて……。

ブルル！

オレのメッセンジャーバッグの中で、携帯電話《けいたいでんわ》が振動《しんどう》した。液晶《えきしよう》画面を見るまでもなく相手は解《わか》ってる。だって今日は金曜日だから。

「ごめん、オレ、ちょっと用事があるから」

オレは言いながら立ち上がり、机の間を駆《か》け抜《ぬ》けてドアに向かいながら、携帯電話をバッグから取り出す。

「はい！」

『少し早く仕事が終わった。今、門の前にいる。講義は？』

受話口から聞こえてきたのは、この一週間、ずっと待ち焦《こ》がれていた低い美声。オレは鼓動《こどう》が速くなるのを感じながら、

「さっき講義が終わったところ。すぐに門に向かうよ」

オレは言って講義室を出て、廊下《ろうか》を走りだす。

『イソラ・ロマーノ』で優雅《ゆうが》な休日を過ごしていた彼は、ロマーノ公国での多忙《たぼう》な日々に戻った。だけど毎週金曜日の夕方、彼は自家用ジェットを飛ばして日本にやってくる。そして日曜日の深夜の便でロマーノ公国に帰るまで、熱くて甘い、ハネムーンのような時間を過ごす。

大富豪《だいふごう》の彼は世界中の都市に贅沢《ぜいたく》な別邸《べってい》を持っているみたいだけど、日本も例外ではなかった。東京湾《わん》を見渡《みわた》せる湾岸《わんがん》の超《ちょう》高級マンションのペントハウス、都心の一等地の広々とした一軒家《いっけんや》、軽井沢《かるいざわ》や蓼科《たてしな》の贅沢な山荘《さんそう》……デートのたびに、オレは驚《おどろ》かされてばかりだ。

……今日は、どこに連れて行かれるんだろう？

校舎を出たオレは、芝生《しばふ》の庭を走り抜けて門に向かう。

……そして彼は、どんなふうにオレを大人にするんだろう？

思っただけで、心臓が壊《こわ》れそうなほど鼓動が速くなってしまって……。

「あっ、出てきた！　小石川くんよ！」

「待って、小石川くん！」

いきなり呼ばれて、オレは転びそうになりながら必死でブレーキをかける。慌《あわ》てて振り返り……そこに同級生の女の子が七人、ずらりと並んでいるのを見て少し驚く。

「何？　どうしたの？　今から飲み会とか？」

「違《ちが》う！　小石川くんを待ってたのよ」

彼女達は言いながら、オレを取り囲む。女の子はもちろん大好きだけど、こうやって大人数で包囲されるとちょっと怖《こわ》いんだけど……。

「経済学部の佐藤真由《さとうまゆ》が、小石川くんと付き合うんだって言いふらしてるけど本当？」

「私は文学部の石原百合香《いしはらゆりか》がそう言ってるのを聞いたわ」

「嘘、私が聞いたのは法学部の小林安奈《こばやしあんな》よ。あの女、すっかり彼女気取りで……」

口々に言いながら、オレを間近に睨《にら》んでくる。

「どういうこと？　いったい誰《だれ》と付き合ってるの？」

「だ、誰とも付き合ってない……っていうか、誰だよそれ？」

もしかしたら、部活の試合の打ち上げあたりで一緒《いっしょ》になったかもしれないけど……三人とも、顔どころか名前すら思い出せない。

「ほら、やっぱりそうじゃない！」

「でしょう、怪《あや》しいと思ったのよ。小林安奈が『噂《うわさ》を立てればこっちのもの』って言ってるのを聞いた子だっているんだから」

オレは彼女達の肩越《かたご》しに、門の方を盗《ぬす》み見《み》る。そこには……。

……ヤバイ、見られてるかも……！

大学の門から道路を隔《へだ》てた向こう側。ミラーガラスの漆黒《しっこく》の車が停《と》まっている。最初はものすごいリムジンで来て、「映画俳優が撮影《さつえい》に来た」って大学中の噂になった。オレは学生達の好奇の視線の中で乗り込む勇気がどうしても出ずに、何ブロックか離《はな》れたところでやっと乗ることができた。それ以来、迎《むか》えは別の車でって頼《たの》んだんだけど……彼が選んだのは黒塗《くろぬ》りのリンカーン。やっぱりかなり目立つ。

「ねえ、じゃあ本当にフリーってこと？」

女の子の一人に間近に言われて、オレはやっと我に返る。

「ああ……だからカノジョはいないってば。あのさ、オレ、用事があるから……」

「よかったぁ〜！」

「それなら私も立候補するから！」

「何言ってるの、私が先よ！」

女の子の一人が、オレの腕を摑《つか》む。

「ねえ、私のことどう思う？」

「ちょっと、放しなさいよ！」

彼女達の小競《こぜ》り合いが始まり、オレはこのままじゃヤバイ、と思う。

……なんたって、オレの恋人《こいびと》は、すごいやきもち焼きで……。

「ごめん、オレ、今、カノジョは募集《ぼしゅう》してないんだ！　学生の本分は勉学だし！」

オレは言いながらジワリと後退《あとずさ》る。

「それじゃ、オレ、用事あるから！」

彼女達の隙《すき》をついて踵《きびす》を返し、そのまま門に向かって疾走《しっそう》。

「ちょっと待って！」

「小石川くん！」

後ろから追ってくる足音が聞こえて、オレはさらに速度を上げる。

……今までもモテない方じゃなかったけど……。

オレは門から走り出て、左右を見て車が来ないことを確認《かくにん》。そして黒塗りのリンカーンに向かって全速力で道路を横切る。

……このモテ方は異常だぞ！　もしかして、ユリアスが持ってる王子様フェロモンの影響《えいきょう》なのかっ？

「こんにちは、小石川様。ユリアス様がお待ちかねで……」

車の脇《わき》に控《ひか》え、にこやかにドアを開けてくれた運転手に向かってオレは叫《さけ》ぶ。

「ドアは自分で閉めます！　すぐ車を出してください！」

そして開いたドアから車に飛び込み、内側からドアを閉める。運転手は慣れた様子で運転席に滑《すべ》り込み、リンカーンはゆっくりと走り出す。女の子達がこっちを見ながら何か叫んでいるのが見えるけど、さすがに追っては来なかった。

「……はあ……びっくりした」

オレは胸に手を当てて、深いため息をつく。

「また女性達に囲まれていた」

隣《となり》から聞こえた低い声に、ギクリとする。

……やっぱり見られてた……。

恐《おそ》る恐る横を見ると、そこにいるのは相変わらずの完璧《かんぺき》なハンサム。美しい金色の髪《かみ》と、端《たん》麗《れい》な顔立ち、とてもお洒落《しゃれ》なピンストライプのイタリアンスーツ。

オレの心臓が、とくんと甘く高鳴る。

そこにいたのは、ユリアス・ディ・ロマーノ。オレの恋人になってしまった男。

彼は公務の合間を縫《ぬ》って毎週日本にやってきては、そのやきもち焼きなところを発揮している。オレは大学を卒業したら、彼のいるロマーノ公国に行くことに勝手に決められた。両親が賛成しているところが……これもまた悩《なや》みの種だ。

「女性に、とても人気があるようだ」

無感情な声の奥にちょっと怒《おこ》ったような響《ひび》きを感じて、オレはちょっと青ざめる。

「あはは……いや、なんか急にモテ始めたんだけど、これってきっとあなたのフェロモンのせいで……」

「君が浮気《うわき》をしていないか、きちんと確かめなくてはいけないな。オガワ、さっき言っていた場所まで真っ直《す》ぐ行ってくれ」

「かしこまりました」

ユリアスは手を伸《の》ばし、運転席との仕切り窓を閉じてしまう。リムジンと同じようなその作りと、豪華《ごうか》な革張《かわば》りの内装はオレとのデートのために特別にオーダーしたものらしい。

「ええと……今日は、どこに行くのかなあ？　楽しみだなあ」

オレは話をそらそうとして言う。彼は、

「このまま飛行場に向かい、自家用ジェットで宮古島《みやこじま》に向かう。新しく作った私専用のコテージがあるので、そこで週末を過ごす」

オレはあまりのゴージャスさに眩暈《めまい》を覚える。

「す、すごい。本気で楽しみ」

「だが、その前に……」

彼が手を伸ばし、オレの肩《かた》を捕《つか》まえる。あっと思った時には引き寄せられ、そのまま唇《くちびる》を奪《うば》われてしまう。

「……んん……っ」

力の抜《ぬ》けた上下の歯列の間から、彼の熱い舌が滑り込んでくる。そのまま深いキスをされて、オレはもう抵抗《ていこう》できなくなってしまう。

「……君が浮気をしていないか、きちんと確かめなくてはいけないな」

彼が唇を離し、囁《ささや》く。オレはその甘い声だけでドキドキしてしまいながら、

「あなたと会うのは一週間ぶりだ。もしかして、浮気したかもしれないよ？」

言うと、彼はオレの顔を覗《のぞ》き込んでくる。その美しいスカイブルーの瞳《ひとみ》に見つめられるだけで、心が蕩《とろ》けてしまいそう。

「悪い子だ。私を煽《あお》るなんて」

一週間ぶりに会えた喜びに、心だけじゃなくて身体《からだ》までもが熱くなる。

「うんとお仕置きをするから、覚悟《かくご》をしておきなさい」

その甘い囁きと、熱いキスだけで、オレはもう抵抗できなくなってしまう。

ああ……オレの恋人は、ハンサムで、イジワルで、だけど本当にセクシーなんだ。

あとがき

こんにちは、水上ルイです。初めての方に初めまして。水上の別のお話を読んでくださった方にいつもありがとうございます。

この本、『ロイヤルバカンスは華やかに』は、VIPがバカンスを過ごすために訪れる島、「イソラ・ロマーノ」が舞台《ぶたい》。主人公は欧州《おうしゅう》のどこかにある架空《かくう》の国、ロマーノ公国の公爵《こうしゃく》でもあるユリアス・ディ・ロマーノ。そしてひょんなことから彼に預けられてしまったごく普通《ふつう》の日本人大学生、小石川悠一。このシリーズは攻《せめ》が王子様もしくはその血縁《けつえん》という意味で「ロイヤル」がついているのですが、今回のユリアスはロマーノ公国の次期元首候補。それに絡《から》んで事件が起き、というお話。反抗《はんこう》的な悠一は王子様のユリアスにいろいろ躾《しつ》けられてます（笑）。

今回は南の島が舞台ということで、バカンス要素満載《まんさい》でお送りしました。「イソラ・ロマーノ」はインド洋の島ということでコテージのモデルになったのはバリ島のホテル。こんなコテージに長期滞在《たいざい》して海を堪能《たんのう》してみたい！（笑）

そして今回はページ数の関係であとがきが長いので（汗）、ちょこっと私事を。

突然《とつぜん》ですが仕事場を引《ひ》っ越《こ》しました。もうすぐ更新《こうしん》だったたし、マンションマニアなのでよさそうな物件が見つかったら内見させてもらってはいたのですが（東京のタワーマンションは設備がすごくて面白《おもしろ》いです。うちの攻がよく住んでます・笑）、なかなか気に入る物件がみつからず……。前の部屋も気に入っていたので「もうしばらくこのままでいいか〜」と思っていたら、お世話になっていた不動産屋さんから突然電話が。「いい部屋が見つかったので、すぐ内見に来てください！」と言われ、忙《いそが》しいからと断ろうとしたのですが、「いえ、きっと気に入ると思うんで！」といつになく強気。私が出していた条件（東京湾《わん》と東京タワーと客船ターミナルが見えて、広さがこれ以上、家賃がいくら以下〜とか・汗）がかなり厳しかったので「それはなかなかないです。でもじっくり探しましょうか」とのんびり言っていたのに。なので仕事をちょっとだけ休憩《きゅうけい》にして内見に行き、一目惚《ひとめぼ》れして即決《そっけつ》してしまいました。不動産屋さん恐《おそ》るべし（？・笑）。海側なので明るくて、家賃が前より安くて、なかなかナイスな部屋です。レインボーブリッジはビルの陰《かげ》でちょうど見えないんですが（だから安いのか？　汗）、東京タワーや六本木ヒルズ、銀座の夜景が一望に。あと、晴海《はるみ》の客船ターミナルが見えるので、客船が入港してくるのが見えて、海気分を盛り上げてくれます。汽笛も聞こえますよ〜。シェイカーを振《ふ》るのが趣味《しゅみ》なので、今後はカクテルを飲みつつ、海を見ながらカンヅメになる予定です（いや、そんな優雅《ゆうが》な修羅場《しゅらば》はありえない気がしますが・汗）。

それではここで、各種お知らせコーナー。

★個人同人誌サークル『水上ルイ企画室』やってます。

オリジナルＪｕｎｅ小説サークルです。（受かっていれば・汗）東京での夏・冬コミに参加予定。夏と冬には、新刊同人誌を出したいと思っています（希望・笑）。
★水上の情報をゲットしたい方は、公式サイト『水上通信デジタル版』へアクセス。
『水上通信デジタル版』 http://www1.odn.ne.jp/ruinet へＰＣにてどうぞ（二〇一〇年七月現在のＵＲＬです）。

それではこのへんで、お世話になった方々に感謝の言葉を。

明神翼先生。大変お忙しい中、今回も本当に素敵《すてき》なイラストをどうもありがとうございました。またご一緒《いっしょ》できて光栄です。今回の攻、ユリアスは髪《かみ》が金色でちょっと長め。うちの攻では初めての髪型《かみがた》です。大変萌《も》えさせていただきました。ありがとうございました。やんちゃで美人な悠一にもうっとりでした！　これからもよろしくお願いできれば幸いです。

ＴＡＲＯ。うちの猫《ねこ》達は暑い場所が大好き。ピータンはロシアン混じりなのに（汗）。

編集担当Ｔさん、Ｉさん、Ｙさん、そして編集部のみなさま。今回も本当にお世話になりました。これからもよろしくお願いできれば幸いです。

この本を読んでくれたあなたへ。どうもありがとうございました。これからもがんばりますので応援《おうえん》していただけると嬉《うれ》しいです。またお会いできる日を楽しみにしています。

二〇一〇年　夏

水上　ルイ

KADOKAWA RUBY BUNKO

ロイヤルバカンスは華《はな》やかに

水上《みなかみ》ルイ

角川ルビー文庫　R92-28　16428

平成22年9月1日　初版発行
平成22年11月15日　再版発行

発行者——井上伸一郎
発行所——株式会社角川書店
東京都千代田区富士見2-13-3
電話/編集(03)3238-8697
〒102-8078
発売元——株式会社角川グループパブリッシング
東京都千代田区富士見2-13-3
電話/営業(03)3238-8521
〒102-8177
http://www.kadokawa.co.jp
印刷所——旭印刷　製本所——BBC
装幀者——鈴木洋介

本書の無断複写・複製・転載を禁じます。
落丁・乱丁本は角川グループ受注センター読者係にお送りください。
送料は小社負担でお取り替えいたします。

ISBN978-4-04-448628-0　C0193　定価はカバーに明記してあります。

©Rui MINAKAMI 2010　Printed in Japan

KADOKAWA RUBY BUNKO

角川ルビー文庫

いつも「ルビー文庫」を
ご愛読いただきありがとうございます。
今回の作品はいかがでしたか？
ぜひ、ご感想をお寄せください。

〈ファンレターのあて先〉

〒102-8078 東京都千代田区富士見 2-13-3
角川書店 ルビー文庫編集部気付
「水上ルイ 先生」係

水上ルイ
イラスト／明神 翼
ロイヤルマリアージュは永遠に
ワインをかけられて興奮するなんて、
なんて淫らなソムリエだろう――。
水上ルイ×明神翼が贈る
超美形王子様×新米ソムリエのロイヤルロマンス！
見習いソムリエの准也は、欧州の小国で超美形のアレク
シス公と出会い、強引に専属ソムリエに抜擢されて…？
ルビー文庫

水上ルイ
イラスト／明神 翼
欲しければ奪う——それが公爵家の教えだ。
ロイヤルロマンスは突然に
水上ルイ×明神翼が贈る
セクシーな王子様×カメラマンのロイヤルロマンス!
南欧の小国を訪れた新米カメラマンの駆がマリーナで
出会ったのは、なんと超絶美形な公国の王子様で…!?
ルビー文庫

水上ルイ
イラスト／六芦かえで
なんてこらえ性のない、いけないご主人様でしょう。
いじわるな英国執事×お坊ちゃまのビクトリアン・ラブロマンス！
執事は永遠の愛を捧げる
当主継承争いに巻き込まれた高校生・秋良は、
美しい執事・エインズワースから教育を受けることになって…!?

ルビー文庫

水上ルイ
Rui Minakami
「そんな潤んだ目をして。
……まだ足りませんか？」
副社長×美人カウンセラーの
甘くリッチな
ラブ・ストーリー♥
いけない
エグゼクティヴ
美波は５年ぶりに思い出の相手・速斗に再会する。大企業の副社長となっていた彼は戸惑う美波を自社のカウンセラーに指名し、同居まで提案してきて…？
イラスト※蓮川 愛

ルビー文庫

水上ルイ
イラスト／こうじま奈月
イエスと言った瞬間から、君は私の退屈を紛らわせるための美しい奴隷になる——。
大富豪×美人オーナーで贈る
甘い恋の駆け引き♥
東京恋愛夜曲《トウキョウ＊レンアイ＊ヤキョク》
破産寸前のインテリアショップ店主・亜季彦は、
香港の大富豪・鳳王銘から、退屈を紛らわせる奴隷になるよう命じられ…？

ルビー文庫

めざせプロデビュー!!　ルビー小説賞で夢を実現させよう!

第12回 角川ルビー小説大賞 原稿大募集!!

大賞 正賞・トロフィー +副賞・賞金100万円 +応募原稿出版時の印税

優秀賞 正賞・盾 +副賞・賞金30万円 +応募原稿出版時の印税

奨励賞 正賞・盾 +副賞・賞金20万円 +応募原稿出版時の印税

読者賞 正賞・盾 +副賞・賞金20万円 +応募原稿出版時の印税

応募要項

【募集作品】男の子同士の恋愛をテーマにした作品で、明るく、さわやかなもの。
未発表(同人誌・web上も含む)・未投稿のものに限ります。

【応募資格】男女、年齢、プロ・アマは問いません。

【原稿枚数】1枚につき40字×30行の書式で、65枚以上134枚以内
(400字詰原稿用紙換算で、200枚以上400枚以内)

【応募締切】2011年3月31日

【発　　表】2011年9月(予定)＊CIEL誌上、ルビー文庫などにて発表予定

応募の際の注意事項

■原稿のはじめに表紙をつけ、**以下の2項目を記入してください。**
❶作品タイトル(フリガナ)　❷ペンネーム(フリガナ)

■1200文字程度(400字詰原稿用紙3枚)のあらすじを添付してください。

■あらすじの次のページに、以下の8項目を記入してください。
❶作品タイトル(フリガナ) ❷ペンネーム(フリガナ)
❸氏名(フリガナ) ❹郵便番号、住所(フリガナ)
❺電話番号、メールアドレス ❻年齢 ❼略歴(応募経験、職歴等) ❽原稿枚数(400字詰原稿用紙換算による枚数も併記※小説ページのみ)

■原稿には通し番号を入れ、**右上をダブルクリップなどでとじてください。**
(選考中に原稿のコピーを取るので、ホチキスなどの外しにくいとじ方は絶対にしないでください)

■手書き原稿は不可。ワープロ原稿は可です。

■プリントアウトの書式は、必ず**A4サイズの用紙(横)1枚につき40字×30行(縦書き)**の仕様にすること。
400字詰原稿用紙への印刷は不可です。感熱紙は時間がたつと印刷がかすれてしまうので、使用しないでください。

■同じ作品による他の賞への二重応募は認められません。又、HP・携帯サイトへの掲載も同様です。賞の発表までは作品の公開を禁止いたします。

■入選作の出版権、映像権、その他一切の権利は角川書店に帰属します。

■応募原稿は返却いたしません。必要な方はコピーを取ってから御応募ください。

■小説賞に関してのお問い合わせは、電話では受付できませんので御遠慮ください。

規定違反の作品は審査の対象となりません!

原稿の送り先

〒102−8078　東京都千代田区富士見2−13−3
(株)角川書店「角川ルビー小説大賞」係